Indomptable Lorinda

J'AI LU

Barbara Cartland est une romancière anglaise dont la réputation n'est plus à faire.

Ses romans variés et passionnants mêlent avec bonheur aventures et amour.

Vous retrouverez tous les titres disponibles dans le catalogue que vous remettra gratuitement votre libraire.

Barbara Cartland

Indomptable Lorinda

Traduit de l'anglais
par Hélène de Lavergne

Éditions J'ai lu

Titre original :

THE TAMING OF LADY LORINDA

1

1794

L'homme au masque vert se tenait immobile, examinant la salle de bal où chatoyaient les couleurs à la lumière des chandeliers de cristal.

Les invités avaient été priés de venir costumés à leur guise. Cela donnait une bonne douzaine de femmes déguisées en Cléopâtre, des quantités de bouffons, un grand nombre de robes de l'époque élisabéthaine avec col de dentelle et vertugadin.

Comme il étudiait les couples dansant sur la musique d'un orchestre placé sur une tribune, l'homme se raidit et interrogea son voisin d'un air surpris :

– J'imaginais que tu m'emmenais à un bal de la meilleure société?

– Mais c'est le cas.

– Ne s'agit-il pas de courtisanes?

– Absolument pas! Tu vois ici l'élite du beau monde. Ces dames de qualité sont issues des plus illustres familles de notre pays.

– Je ne puis y croire!

En disant ces mots, l'homme au masque vert ne considérait pas les lèvres très rouges que l'on distinguait sous les loups de velours bordés de dentelle, ni les gorges blanches chargées de bijoux. Il regardait les seins dont la pointe était rosie par le fard et qui se devinaient sous des drapés transparents, il observait les hanches minces et les jambes nues que moulaient des jupes retroussées.

– Suis-je bien en Angleterre? soupira-t-il enfin.

Son ami éclata de rire.

– Tu as été absent trop longtemps! Des changements ont eu lieu depuis ton départ. Pas toujours souhaitables.

– Quand je suis parti, les femmes étaient respectables et distinguées, aimables, soumises à leur mari, me semble-t-il!

– Tu es complètement démodé! riposta le voisin, très informé. A présent les femmes ne sont plus de fragiles créatures; elles montent à cheval dans des chasses à courre ou des courses hippiques. Elles jouent au cricket, voire au football comme les princesses royales!

– Seigneur!...

– Elles se considèrent comme les égales des hommes, et cela se voit!

– J'ai tout de suite noté que la poudre sur les cheveux avait disparu.

– C'est une excellente chose! Nous pouvons en être reconnaissants au prince de Galles, qui aime la mode « au naturel ».

– Je te concède que, pour les hommes, c'est une amélioration, admit l'invité au masque vert, mais il n'en va pas de même pour les femmes.

– La dernière vogue pour ces dames est la coiffure « à la victime », qui vient naturellement de la France révolutionnaire.

L'ami fit un geste large du bras en expliquant :

– Les édifices compliqués de l'Ancien Régime ont fait leur temps. Plus de nids d'oiseaux ni de caravelles perchées sur des chignons monumentaux. Actuellement les boucles sont arrangées en un désordre savant, comme tailladées par le bourreau et, pour compléter l'illusion, un très fin ruban rouge enserre le cou.

– Je trouve ceci de fort mauvais goût si l'on pense

au martyre des guillotinés! lança l'homme au masque vert.

– Mon cher, tu en verras d'autres, et d'un goût encore plus affreux! Mais nous en avons tous pris l'habitude.

Et il considéra son voisin avec une ironie malicieuse avant d'ajouter :

– A Carlton House, chez l'héritier du trône, les décolletés révèlent entièrement la poitrine. Certaines femmes se couvrent d'une légère mousseline, mais si fine qu'il ne reste plus rien à imaginer.

Cette remarque ne fit même pas sursauter son interlocuteur. Il était fort occupé à suivre des yeux les danseurs que le rythme de la musique entraînait dans une sarabande échevelée.

– Tu m'as dit que j'étais vieux jeu... commença-t-il.

Ses paroles moururent sur ses lèvres.

Les portes-fenêtres étaient largement ouvertes sur le jardin par cette chaude soirée de juin, et voici que par l'une d'elles entrait un grand cheval noir.

Il portait une cavalière qui, au premier coup d'œil, semblait entièrement nue si on ne tenait pas compte des longs cheveux roux qui l'enveloppaient jusqu'à la taille.

A la regarder mieux on notait que sa selle, probablement d'origine mexicaine, remontait à l'avant et à l'arrière en un haut bourrelet de cuir noir clouté d'argent.

Finalement, on ne voyait du corps de la belle écuyère que ses bras et ses jambes, indiscutablement nus. Elle ne montait pas en amazone mais à califourchon, ce qui en soi était une provocation. Comme si elle dédaignait tout déguisement, elle ne portait pas de loup. Les immenses yeux verts qui lui mangeaient le visage brillaient de malice.

L'homme au masque retrouva la parole :

– Mon Dieu! Qu'est-ce que c'est que... ça?

– Oh, ça, répliqua son compagnon, c'est Lady Lorinda Camborne, la pire de toutes!

– Appartient-elle vraiment à l'ancienne famille de Cornouailles?

– Oui. Son père est bien le comte de Camborne et Cardis.

– S'il avait la moindre décence, il donnerait à sa fille une fameuse correction avant de la ramener chez lui.

– Comment verrait-il la tenue de Lady Lorinda, étant donné qu'il ne lève jamais les yeux de ses cartes, dans la salle réservée au jeu?

– Et il mise de grosses sommes?

– Il ne peut s'en empêcher.

– Cette jeune fille... Quel âge a-t-elle?

– Vingt ans, je crois. Si j'ai bonne mémoire, elle brille à la cour depuis deux ans.

– On l'admire, en vérité?

– Tu es trop prude, mon ami! Elle se conduit d'une façon blâmable, certes, et ses fantaisies font beaucoup bavarder. Mais il faut admettre qu'elle possède une beauté extraordinaire, envoûtante!

L'autre ne répondit rien; il suivait des yeux Lady Lorinda sur son étalon noir. Elle faisait tourner le magnifique animal dans la salle de bal comme au manège.

Les danseurs s'écartaient pour la laisser passer, en l'applaudissant. Les hommes lui criaient des bravos et certains lui offraient des fleurs.

– A mon club, on pariait qu'elle n'oserait pas venir nue, reprit l'informateur. Voilà, elle a tenu le pari, haut la main! De grosses sommes vont s'échanger à cause d'elle, comme après toutes ses aventures audacieuses, ou à peu près.

Ayant bouclé deux tours de la pièce, Lady Lorinda remercia d'un signe de tête ses admirateurs puis, aussi soudainement qu'elle était venue, elle disparut dans le jardin.

– Et nous ne la verrons plus? demanda le masque vert.

– Dieu du Ciel, bien sûr que si! Milady va revenir, vêtue d'un déguisement plus étonnant encore. Tu ne pourras manquer de la reconnaître. Elle restera jusqu'à la fin de la soirée.

– Elle aime ce genre de fête?

La question était posée avec un mépris évident.

– Ma foi, il semble que oui. C'est ainsi qu'elle occupe tout son temps : des réceptions tous les soirs, des incursions dans les jardins de Vauxhall ou d'autres lieux plus malfamés encore. Et partout où elle passe, elle laisse des cœurs brisés.

Il ménagea cet arrêt très bref qui précède les révélations croustillantes.

– On dit tant de choses à son sujet! Il paraît que le marquis de Queensbury...

– Seigneur, non! Pas ce vieux bouc! A son âge?

– La mort seule mettra fin à ses débauches. Il s'est adjugé le rôle de Pâris pour décerner la fameuse pomme d'or à la plus belle...

– Il y avait trois déesses en compétition, n'est-ce pas?

– Fort juste.

– Et elles étaient nues?

– Evidemment!

– L'une d'elles serait-elle Lady Lorinda?

– Tout le donne à penser.

– Comment les hommes peuvent-ils tomber amoureux d'une créature pareille?

– C'est pourtant ce qui arrive! Et je dirai, pour la défense de Lady Lorinda, qu'elle a beaucoup de cran et une forte personnalité, ce qui est rare parmi ses contemporaines. On ne peut demeurer indifférent ni l'ignorer.

– Il faudrait être aveugle pour ne pas la remarquer! dit sèchement le masque vert.

– Veux-tu que je te présente? demanda son ami en souriant. Cela fera beaucoup de bien à Lady

Lorinda si elle rencontre enfin un homme qui n'est pas ébloui par sa beauté et qui ne se jette pas à ses pieds.

L'obligeant compagnon parcourait la salle du regard en parlant. Soudain, il sursauta.

– Voici le prince de Galles! Il s'approche de nous! Allons, viens, laisse-moi te faire connaître de Son Altesse : Prinny sera très intéressé par les nouvelles que tu lui donneras sur nos lointaines possessions.

Beaucoup plus tard dans la nuit, le masque vert quitta la salle du souper où il avait été convié à la table royale; il traversa la grande pièce où l'on dansait, y trouva la chaleur horriblement étouffante et sortit dans le jardin.

Comme la réception se tenait à Hampstead, lointain faubourg de Londres, il se crut à la campagne. Une légère brise agitait les branches des arbres; les parterres de fleurs exhalaient des parfums entêtants et, dans le ciel, brillaient des myriades d'étoiles.

L'homme respirait avec délices, en songeant que l'air du pays natal était bien différent de l'atmosphère lourde et suffocante des Indes.

Comme il avançait dans l'ombre, il entendit une voix masculine, toute proche.

– Je vous en supplie, Lorinda, il faut m'écouter! Je vous adore! Epousez-moi, sinon, je vous le jure, je me tuerai!

Le promeneur s'immobilisa; il percevait nettement une expression de souffrance dans la voix de l'inconnu.

– Epousez-moi, Lorinda... Et je serai l'homme le plus heureux du monde!

– Est-ce la dixième fois ou la onzième fois que vous me proposez le mariage, mon cher Edward?

Les interlocuteurs se trouvaient de l'autre côté d'une haie d'ifs, probablement assis sur un banc.

– Vous ne parviendrez pas à me décourager,

Lorinda! Je continuerai encore et encore à vous faire la même demande : quand consentirez-vous à m'épouser?

– Ma réponse ne variera pas. Edward, vous commencez à me fatiguer! Je regagne la salle de bal.

– Ne me quittez pas! Restez près de moi, je ne vous importunerai plus. Je ferai tout ce que vous voudrez. N'importe quoi! Si seulement vous pouviez m'aimer un petit peu...

– Et pourquoi vous aimerais-je? Si j'avais besoin d'un chien de compagnie, j'en achèterais un.

La voix haut perchée se teintait de dédain. Puis elle se fit menaçante.

– Edward, si vous me touchez, je vous jure de ne plus jamais vous adresser la parole!

– Lorinda!

Un désespoir intense passa dans ce cri. Puis on entendit le martèlement de petits talons sur un chemin pavé tandis que le prétendant éconduit restait seul en étouffant un gémissement.

L'édifiante conversation était finie.

L'homme au masque se détourna en silence et revint vers la fête. Il n'eut pas de difficulté à reconnaître Lady Lorinda au sein de la foule : sitôt qu'il eut mis le pied sur le parquet ciré, il perçut les accents de sa voix légère. La jeune femme portait, avec beaucoup d'allure, l'habit brodé d'un mousquetaire.

Son censeur trouva terriblement osés les hauts-de-chausses garnis de rubans, qui se terminaient aux genoux, et les bas de soie gainant de fort belles jambes et de fines chevilles. Les cheveux roux de la jeune femme, en bouclettes serrées, imitaient une perruque sous le grand chapeau empanaché. Elle portait un loup qui ne cachait point son joli nez droit ni ses lèvres à la courbe parfaite, pas plus que son menton qu'elle tenait fièrement levé.

Comme ses compagnons, un verre tendu à bout de bras, elle buvait à la santé du maître de maison, un homme d'âge moyen au teint sombre et à l'air sardonique.

Celui-ci remercia ses amis à la ronde, mais son regard demeurait fixé sur Lady Lorinda. Quand chacun eut vidé son verre, il vint la prendre par le coude.

– J'ai à vous parler. Accompagnez-moi dehors.

Il essayait de l'entraîner vers la porte-fenêtre où se tenait encore l'homme au masque vert.

– Mais je rentre à peine du jardin! lança la jeune femme en faisant la moue. Et si vous croyez pouvoir abuser de moi grâce à l'ombre propice, je vous préviens que je ne suis pas d'humeur à folâtrer!

– Pourquoi me prêter de si noires intentions?

– Parce que les hommes n'ont que l'amour en tête. Ne pourraient-ils s'occuper d'autre chose?

– Non. Pas tant qu'ils sont près de vous.

– Cela m'ennuie profondément! Oh, je vous en prie, si vous avez vraiment l'envie de me distraire, changez de sujet!

– Prétendez-vous toujours que vous n'avez pas de cœur?

– Si j'en possède un, je ne m'en suis pas encore aperçue. N'est-ce pas que j'ai de la chance! Allons plutôt dans la salle à manger. Je commence à croire que j'ai faim.

Ils s'éloignèrent, bras dessus bras dessous, tandis que le masque vert les suivait des yeux.

– Je t'avais prévenu, mon ami! Très belle et très déconcertante...

Le voyageur de retour des Indes se retourna pour trouver son compagnon près de lui.

– Tous les hommes deviennent-ils ainsi ses esclaves dociles? Aucun ne réagit-il?

– Tous obéissent à Lady Lorinda!

– Et s'ils ne le faisaient pas?

– Elle bannirait les rebelles et les priverait de sa présence. Un tel ostracisme serait pire que le déshonneur!

L'homme au masque se mit à rire.

– J'ai comme l'impression que depuis mon départ vous avez tous perdu le sens des vraies valeurs ou, devrais-je dire, le sens de l'humour?...

Beaucoup plus tard, quand les invités commencèrent à prendre congé, tandis que les premières lueurs de l'aube venaient balayer les étoiles du ciel, les deux amis franchirent en voiture les grilles de la propriété pour s'engager sur la grand-route.

Ils voyageaient dans un léger phaéton, avec un seul « tigre » à l'arrière, tiré par un attelage de premier ordre.

– Es-tu content de ta soirée? demanda le conducteur.

Son compagnon, qui ne portait plus de masque, éclata de rire.

– Je suis allé de surprise en surprise! Je m'attendais certes à quelques changements, mais pas à ce point-là!

– Parles-tu des hommes ou des femmes?

– Le prince m'a beaucoup étonné. Comme il a grossi! Quant à ses compagnons... ils ne m'ont pas fait très bonne impression.

– Maintenant dis-moi ce que tu as pensé de la gent féminine. As-tu été choqué?

– Choqué? Non. J'en ai trop vu! Mais je m'inquiète en songeant que ces créatures déchaînées et irresponsables seront les mères de la future génération.

– Voudrais-tu y remédier?

– De quelle façon?

– Commence donc par réformer Lady Lorinda! Quel défi ce serait, pour n'importe quel homme!

– Je n'y vois rien d'impossible.

– Dompter une tigresse? Je suis prêt à parier, pour la somme que tu fixeras, qu'une telle entreprise est vouée à l'échec.

Il y eut un moment de silence avant que le

passager du phaéton ne réponde en pesant ses mots :

– Je te propose mille guinées.

– Tu es fou?...

Et l'ami partit d'un rire inextinguible.

– Je ne veux pas rater une occasion pareille! réussit-il à dire au milieu de ses hoquets. Je miserais dix fois cette somme pour te voir entreprendre une tâche aussi herculéenne...

Il mit la main en visière sur ses yeux et lança :

– Quand on parle de la tigresse! Regarde, là-haut, sur la colline!

Il montrait, en direction de Londres, une voiture noire qui gravissait la forte pente menant à Spaniards Inn. Ce véhicule n'aurait rien eu de remarquable si les deux laquais assis à l'arrière n'avaient pas porté, comme le cocher, des tenues caractéristiques.

Alors que les livrées des domestiques servant les familles aristocratiques se cantonnaient dans des couleurs classiques, telles que le bordeaux, le gris ou le vert foncé, celles des serviteurs de Lady Lorinda étaient blanches galonnées d'argent.

Les vêtements brillaient dans la lumière du soleil levant; la voiture atteignit le sommet de la colline et passa le péage. Mais, au lieu de reprendre de la vitesse pour gagner la capitale, l'équipage s'immobilisa un peu plus loin.

– Que fait-elle? s'interrogea le conducteur du phaéton. Oh, mon Dieu! Des bandits! Lady Lorinda est arrêtée par des voleurs!

Fouettant ses chevaux furieusement, le jeune homme fit bondir sa voiture sur la pente; on entendit soudain le bruit assourdissant d'un coup de feu, tandis qu'un des hommes, le visage caché sous un foulard, s'écroulait sur le dos, dans l'herbe du talus.

Le voleur qui l'accompagnait détala sans demander son reste.

Les deux laquais de Lady Lorinda, qui étaient restés les mains en l'air, furent violemment secoués lorsque la voiture se remit en marche. Et le phaéton, arrivant sur les lieux de l'agression, n'y trouva plus qu'un cadavre.

Le bougre gisait les bras en croix, tenant toujours son pistolet. Le foulard avait glissé, révélant une figure bonasse figée dans une expression d'horreur. Une tache de sang allait en s'agrandissant sur la chemise du mort.

Le « tigre » posa lestement pied à terre.

– Il ne respire plus, Milord. C'est fini pour lui.

– En tout cas, cette histoire ne nous concerne pas, dit son maître.

Il y eut un moment de silence, puis les voyageurs reprirent leur chemin.

– Le comte de Camborne était-il dans la voiture, ou est-ce sa fille qui a tué cet homme? s'enquit le passager du phaéton.

– Oh, c'est Lady Lorinda, sans nul doute! Et ce n'est pas la première fois qu'une telle affaire lui arrive!

Le conducteur sourit en poursuivant :

– Mon cher, tu as ici un exemple parfait de la façon dont les jeunes femmes savent, de nos jours, se défaire de leurs adversaires. On m'avait vanté l'adresse de Milady au pistolet. Maintenant je puis en témoigner! Je l'ai vue en pleine action!

Il eut un rire amusé avant de reprendre :

– Apparemment, dès qu'un voleur s'approche de sa portière, elle tire en visant au cœur. Ses domestiques n'ont même pas à se donner la peine de la défendre!

– Quand j'ai quitté l'Angleterre, dit pensivement son ami, les dames fondaient en larmes à la vue d'un brigand et cherchaient la protection d'un bras viril. Comme elles ont changé!

– Il existe encore quelques spécimens du genre

que tu affectionnes. Et, avec ta fortune, les jeunes filles se laisseront séduire, bandits ou pas!

Il n'y eut pas de réponse et les deux hommes regagnèrent Londres en silence.

★

Lady Lorinda était allongée sur le siège de sa voiture, très pâle, les yeux clos. Elle avait pris la précaution de recharger son arme et la tenait à la main.

Spaniards Inn était réputé pour les attaques surprises de malandrins divers; la jeune femme les trouvait aussi détestables que ses innombrables amoureux.

Lord Edward Hinton était le pire de ces soupirants plaintifs qui s'obstinent à ne pas vouloir comprendre ce qu'un refus signifie. Songeant à la façon dont il l'avait importunée pendant la soirée, Lorinda se dit qu'à l'avenir elle déclinerait toute invitation à des soirées où elle risquerait de rencontrer le misérable Edward. Rien de ce qu'elle pouvait faire ou dire n'interrompait ses supplications. Il était une véritable calamité ambulante.

Le maître de maison, Lord Wroxton, ne valait guère mieux mais, au moins, il ne lui proposait pas le mariage tous les huit jours : il était déjà nanti d'une épouse et ses intentions étaient, par conséquent, rien moins qu'honorables.

Lorinda le trouvait beaucoup plus supportable qu'Edward. Elle pouvait rire avec Ulric, il savait qu'elle ne répondrait pas à ses propositions, pas plus qu'elle ne couronnerait les vœux de Lord Hinton.

Cependant Ulric continuait à la provoquer avec esprit, finesse et cynisme, tandis qu'Edward ne trouvait rien de mieux qu'annoncer chaque fois son suicide.

Il l'avait fait si souvent que Lorinda ne supportait

plus de lui voir ouvrir la bouche. Toutefois, en y réfléchissant, il était un parti fort convenable; et si son frère aîné continuait à ne produire que des filles, un beau jour, il se retrouverait duc.

« Oui, si j'étais raisonnable, songeait Lorinda, je sauterais sur l'occasion... Mais comment supporter ses gémissements tout le reste de ma vie? »

Elle ne tolérait guère mieux ses autres prétendants, et ceux-ci n'avaient pas la richesse ni la position sociale de Lord Hinton.

Lorinda était lasse d'imposer son pouvoir à une foule de fêtards qui, pour le moment, l'applaudissaient, mais qui risquaient à tout moment de changer d'avis et de l'ignorer du jour au lendemain.

« Qu'est-ce que je veux, au fond? » se demandait-elle comme la voiture atteignait les faubourgs de la capitale et que le danger était écarté.

Elle restait prostrée sur son siège; devant elle se dessinait une perspective infinie de bals, de réceptions, toujours les mêmes, avec les dandys et les roués de son entourage qui ne quittaient Londres que pour Brighton à la suite du prince de Galles. Ils allaient ensuite à Newmarket pour les courses, venaient prendre les eaux à Bath, puis rentraient à Londres au début de la nouvelle « saison » qui ramenait le cercle infernal des divertissements à la mode.

Etait-ce donc cela qu'elle attendait de la vie?

Elle savait fort bien que toute la ville serait en ébullition dans l'après-midi, quand les douairières apprendraient son apparition en Lady Godiva au début de la fête costumée. Elles en caquetteraient comme les perroquets du zoo...

Lord Barrymore, un pair aux mœurs dissolues, avait parié qu'elle n'oserait pas se montrer nue sur un cheval. Les défis rendaient toujours Lorinda follement téméraire.

– Je n'en fais qu'à ma fantaisie! lança-t-elle à voix haute en se redressant.

Elle eut un petit rire à l'idée que son histoire, amplifiée par le bouche à oreille, finirait par atteindre celles du roi et de la reine, au château de Windsor. Ils blâmeraient probablement leur propre fils, le prince héritier dont l'influence était des plus pernicieuses!

« Sacrés vieux prêcheurs! » conclut-elle.

Le voyage touchait à sa fin; la voiture s'arrêtait place de Hanovre devant Camborne House.

C'était un vaste bâtiment plutôt lugubre et laid, construit par le septième comte, le grand-père de Lorinda. Celle-ci avait fait de son mieux pour donner de l'éclat aux pièces peu agréables.

Des valets de pied se précipitèrent au sommet du perron pour dérouler un tapis rouge. En observant leur livrée blanche et argent, la jeune femme constata une fois de plus que ces tenues rendaient l'atmosphère moins pesante qu'à l'époque de son enfance.

– Mon père est-il rentré, Thomas? demanda-t-elle.

– Milord est ici depuis une demi-heure environ. Il est dans son bureau, Milady.

– Merci, Thomas.

Lorinda enleva son manteau dans le hall et ne remarqua pas les regards stupéfaits des laquais à la vue de son déguisement masculin. Elle traversa le dallage de marbre en direction de la bibliothèque. Elle ouvrit la porte du bureau et découvrit son père occupé à charger un pistolet de duel.

Le comte sursauta, comme pris en faute.

C'était un homme grand et solide, aux cheveux déjà gris, avec le teint pâle des gens qui ne sortent guère au dehors. Il faut dire que les salles de jeu ne sont pas des endroits réputés pour leur bon air...

Posant son arme d'un geste un peu trop rapide pour être naturel, il s'écria :

– Déjà de retour, Lorinda!

– Que se passe-t-il, papa? Ne me dites pas que vous allez vous battre en duel!

Son père ne répondit rien et elle marcha jusqu'au bureau pour le regarder bien en face.

– Avouez, papa!

Elle crut un moment que le comte refuserait de répondre; il se rejeta en arrière dans son fauteuil et déclara d'un air provocant :

– Je veux me tirer une balle dans la tête!

– Papa! Ce n'est pas sérieux!

– J'ai perdu tout ce que nous possédons.

Lorinda se figea dans une immobilité de pierre; ses genoux cédèrent et elle s'effondra sur le siège le plus proche.

– Que s'est-il passé, exactement?

– Je jouais contre Charles Fox...

Les lèvres de Lady Lorinda se pincèrent. Elle connaissait trop bien Charles James Fox : il ne reculait devant aucun enjeu.

Homme politique éloquent, Fox était gros, mal tenu, sans attrait, avec un double menton et des sourcils noirs en broussaille. Pourtant, il exerçait un magnétisme extraordinaire par la magie de ses discours.

Détesté par le roi, il s'était naturellement tourné vers le prince de Galles, qui prenait toujours le contre-pied de son père. Et il avait réussi au-delà de ses espérances : l'affection de Prinny pour lui touchait à l'idolâtrie.

D'une famille fort riche, Fox avait développé très tôt une passion insatiable pour le jeu; il avait commencé au collège d'Eton, et on racontait qu'à seize ans il avait perdu trente-deux mille livres en une seule soirée.

Car il perdait la plupart du temps. C'était par un de ces tours du destin qu'il venait de gagner, et cela aux dépens du père de Lorinda!

– J'ai eu de la chance au début, expliquait celui-ci d'une voix éteinte, et j'avais amassé une belle somme quand Fox a eu soudain un jeu formidable. J'ai cru que cela ne durerait pas, j'ai continué... A la fin, il ne m'est plus rien resté...

Lorinda s'enquit d'une voix calme :

– A combien se montent vos pertes?

– Cent mille livres.

Pour les joueurs des grands clubs londoniens, ce n'était pas une somme astronomique. Pour le comte de Camborne, c'était la ruine totale.

Il possédait certes une grande maison à Londres et un domaine en Cornouailles, qui rapportait quelque peu.

Mais Lorinda et son père vivaient dans le luxe, simplement parce qu'ils comptaient sur leurs gains au jeu pour « boucher les trous ».

Quand la chance les favorisait, Lorinda mettait de côté la plus grande partie des sommes gagnées pour leurs dépenses, n'en laissant qu'une petite part à son père pour qu'il puisse jouer à nouveau : il perdait très rarement, et jamais des sommes supérieures à dix mille livres. Or voici qu'il allait falloir payer cent mille livres!

– Je n'ai qu'une chose à faire, me tuer, dit le comte d'une voix cassée. Fox ne pourra pas me poursuivre pour non-paiement si je ne suis plus de ce monde!

– Il s'agit d'une dette d'honneur, vous le savez, papa. Et quoi qu'il en soit, je devrai la rembourser.

– En aurais-tu l'intention?

– Oui, absolument. Et si vous me laissez seule pour régler cette question, je trouve que c'est un bien méchant cadeau!

Elle s'était levée en lançant ces mots avec dédain. Puis elle marcha vers la fenêtre et repoussa les lourds rideaux de velours. Le soleil brillait à présent par-dessus les toits.

– Je pensais que si je mourais, reprit le comte, ce satané Fox ferait une croix sur cette perte; c'était une solution comme une autre! Assez simple en fin de compte!

– Simple pour vous, peut-être, mais pas pour moi! Et je ne croyais pas les Camborne aussi peureux!

– Par le diable, tu ne me traiteras pas de lâche!

– Je n'imagine rien de plus méprisable que de me laisser assumer seule toutes les conséquences de votre malchance au jeu!

Le comte poussa loin de lui son pistolet, la mine exaspérée.

– Quelle autre issue vois-tu à cette affaire?

– Oh, elle est évidente!

Et la jeune fille quitta la fenêtre pour revenir jusqu'au bureau.

– Je ne vois rien de si évident... murmura son père.

– Je vais vous l'expliquer dans ce cas. Nous vendons cette maison et tous ses meubles, puis nous allons vivre en Cornouailles.

– En Cornouailles!

– Pourquoi pas? A moins qu'il ne faille aussi vendre le Prieuré? Mais je ne pense pas que nous en tirerions grand-chose.

Le comte abattit son poing sur le bureau avec tant de force que l'encrier tressauta.

– Je ne vendrai jamais la demeure ancestrale de ma famille, qui remonte à Guillaume le Conquérant! Elle n'est pas incluse dans le patrimoine, mais aucun de mes prédécesseurs n'est descendu assez bas pour s'en séparer!

Lorinda haussa les épaules.

– Il le faudra pourtant, car cette maison avec tout ce qu'elle contient, en ajoutant les bijoux de maman, ne donnera pas beaucoup plus de soixante mille livres.

Camborne enfouit son visage dans ses mains.

– Oh, si j'avais su! Jamais je n'aurais suivi Fox!...

– Les regrets ne mènent nulle part, coupa froidement Lorinda. Soyons pratiques : cela signifie que je devrai tout prendre en main. Il faut d'abord demander un délai à Charles Fox. Vous ne pourrez pas réunir cent mille livres en quinze jours.

– Dois-je donc me traîner à ses genoux, en plus des autres humiliations?

– Cette dette est la vôtre!

Le comte leva les yeux vers sa fille et découvrit sur son visage une expression qui le fit frémir.

– Dieu tout-puissant! Tu pourrais être un peu plus compréhensive! N'as-tu donc aucune affection pour moi? Ni pour personne au monde?

– Puisque vous le demandez, je vous dirai que je vous méprise.

Son père ne répondant rien, elle reprit :

– Je vous méprise, comme je méprise tous les hommes. Vous êtes tous pareils : faibles et guidés par vos seuls désirs. Vous attendez des femmes qu'elles applaudissent à vos stupidités, qu'elles pleurent sur vos malheurs. Soyons clairs : je ne ferai ni l'un ni l'autre!

Elle prit le pistolet qui se trouvait encore sur la tablette du bureau et déclara :

– Je l'emporte car on ne peut vous faire aucune confiance. Demain je mettrai la maison où j'ai passé mon existence en vente. Je chercherai des acquéreurs pour les objets que nos ancêtres ont rassemblés. Je proposerai aux joailliers les bijoux que ma mère portait avec tant de fierté.

Lorinda gagna la porte et, sur le seuil, elle se retourna pour jeter un dernier regard à son père. Sous la clarté des « bras de lumière » placés de part et d'autre de l'embrasure, ses cheveux roux lançaient des flammes.

– Si cela vous fait trop de peine, partez en Cornouailles. Essayez de mettre en ordre le peu de fortune qui nous reste là-bas! jeta-t-elle en s'éloignant.

★

Vers midi, Lorinda s'éveilla d'un profond sommeil. Tandis que sa femme de chambre ouvrait les rideaux, elle se rappela ce qui l'attendait.

La plupart des jeunes femmes de son âge se seraient senties dépassées par les événements. Pour sa part, elle était prête à faire face aux difficultés, à soutenir son père si peu capable de se débrouiller seul, et tout cela sans un soupir.

Sa mère était morte alors que Lorinda atteignait douze ans : elle lui laissait un souvenir de tendresse et de beauté, mais, ensuite, la jeune fille s'était découvert peu de points communs avec la créature douce et passive qui trouvait son mari merveilleux et acceptait sans récrimination sa vie précaire de femme de joueur.

Lorinda se sentait beaucoup plus proche de ses ancêtres Camborne, de farouches guerriers qui avaient pris part aux grandes batailles de l'histoire de Cornouailles. Cette région avait été la dernière de Grande-Bretagne à se soumettre aux envahisseurs saxons, puis à la conquête normande.

Au cours des siècles, les Camborne avaient lutté pour garder leur indépendance. Ce feu qui courait dans leurs veines se retrouvait chez Lorinda, si ce n'était chez son père.

Elle ne supportait pas l'autorité; elle s'était toujours révoltée contre toute forme de domination, et cela dès son plus jeune âge.

– Vous savez vous démener pour ne pas faire ce qu'on vous dit, comme ces fameux combattants d'Azincourt qui n'en ont fait qu'à leur tête, leur tête dure de Cornouaillais! aimait répéter sa nurse anglaise quand elle était petite.

En ces heures d'adversité, elle allait donc se démener, et elle se tirerait d'affaire, alors que son père courbait le dos sous le premier coup du sort.

La jeune femme restait silencieuse pendant que sa camériste l'habillait puis la coiffait selon la nouvelle mode « en coup de vent » qu'on aurait pu croire spécialement inventée pour les visages menus en forme de cœur.

Si ses traits étaient fins et ravissants, Lorinda n'avait pas une taille moyenne mais au contraire plus haute que la plupart de ses contemporaines. Elle était si mince et si gracieuse que les hommes la croyaient fragile; ils cherchaient à la protéger, avant de découvrir sa volonté de fer et son orgueil incommensurable, cachés sous une beauté sans rivale.

Que Lady Lorinda fût merveilleusement belle, personne ne pouvait le nier. Pourtant, tout en se regardant distraitement dans son miroir, elle se demandait si un tel don lui avait apporté le bonheur.

Irait-elle demander conseil à n'importe quelle grande dame qui l'avait chaperonnée en telle ou telle occasion, au moment de ses débuts dans le monde, elle recevrait le même avis :

– Ma petite, un riche mariage!...

Elle entendait leur ton condescendant, comme si la réponse était évidente. Et, de fait, elle n'avait qu'à choisir entre Edward Hinton, Anthony Dawlish, Christopher Conway ou un autre des jeunes aristocrates qui avaient déposé leur cœur à ses pieds. Ils seraient trop heureux d'accourir à Camborne House si elle leur envoyait un petit mot requérant leur présence...

Mais quelque chose de fier, son atavisme belliqueux sans doute, lui faisait prendre en horreur cette simple solution pour résoudre ses problèmes.

Elle descendit le grand escalier, toujours absorbée dans ses pensées, le menton haut, les yeux sombres. Elle se sentait comme un chef d'armée prêt à lancer ses troupes dans un combat décisif.

Elle entra dans le bureau de son père pour découvrir que ce dernier ne s'était pas couché; il s'était endormi dans la bergère placée devant la cheminée. Près de lui une carafe de cristal taillé, vide, expliquait son lourd sommeil.

Lorinda traversa la pièce et secoua son père par l'épaule.

– Réveillez-vous, papa!

Il régnait dans la pièce une écœurante odeur d'alcool et le comte avait le teint empourpré; il ne bougeait pas.

– Voyons, il est midi et demi!

Le comte de Camborne ouvrit enfin les yeux.

– Oh, Lorinda, c'est toi! Que me veux-tu?

– Il faut faire votre toilette et vous habiller. Le déjeuner est prêt.

– Donne-moi à boire!

La jeune fille ne chercha pas à le dissuader; elle se rendit de l'autre côté de la pièce, où une cave à liqueurs montrait un assortiment de boissons fortes. Elle emplit un verre de cognac et l'offrit à son père qui le vida d'un trait.

– Quelle heure est-il, dis-tu?

– Midi et demi. Allez-vous en Cornouailles, ou restez-vous à Londres avec moi? Je vous préviens que votre existence ne sera pas rose : j'ai l'intention de donner leur congé à tous les domestiques, dès que nous aurons déjeuné.

Ragaillardi par le cognac, le comte se leva.

Un beau soleil entrait par la fenêtre qui donnait sur l'arrière de la demeure; le jardin était agrémenté de pelouses bien entretenues et de corbeilles de fleurs aux mille couleurs. Lorinda se souvint que tout ceci coûtait fort cher : les jardiniers seraient licenciés en même temps que les valets.

– Il y a une petite chose dont je ne t'ai pas parlé

cette nuit... murmura le comte au bout d'un moment.

– Quoi donc?

– Tu m'as empêché d'agir selon le code de l'honneur; j'aurais pourtant mieux fait de me suicider; maintenant je suis obligé de t'avouer la vérité.

– Quelle vérité?

– A la fin de cette partie, contre Fox, je me suis laissé aller... à tricher...

– Tricher! Vous!

– Je t'ai déjà dit que j'étais aux abois! J'avais beaucoup bu...

– Et on vous a pris sur le fait! Combien de gens le savent-ils?

– Charles Fox, et nos deux partenaires. Ce sont des amis et je pense qu'ils ne parleront pas, mais je n'oserai plus me montrer à mon club...

C'était un coup inattendu. Un joueur pris en flagrant délit de fraude était aussitôt rejeté par la bonne société; il devenait un paria; il était montré du doigt, exclu de toute réunion mondaine.

Restait un faible espoir : comme Camborne était très populaire, les témoins de sa faute pouvaient mettre celle-ci sur le compte de l'ébriété. Ils fermeraient les yeux. Ils se tairaient.

Mais Lorinda savait que son père avait raison quand il affirmait qu'il ne pourrait plus décemment se rendre dans les clubs à la mode. Pendant une seconde, elle regretta de l'avoir empêché de se tirer une balle dans la tête : c'était en général ainsi que se rachetaient les joueurs déshonorés.

Puis elle se dit que cela n'aurait fait que souligner son indélicatesse; il fallait agir de façon digne et courageuse.

– Mon cher papa, vous devez partir immédiatement! Prenez un de nos valets d'écurie avec vous, celui dont vous auriez le plus de peine à vous séparer, puisque tous les autres nous quitteront.

Choisissez les meilleurs chevaux; je vendrai le reste.

La voix de Lorinda était dure; elle poursuivit :

– Je vous apporterai toutes vos affaires dans la grosse berline.

– J'emporterai le minimum dans le phaéton.

– Comme il est neuf et en parfait état, j'en tirerai un bon prix; vous voyagerez dans la voiture noire : elle peut faire encore un long service.

La jeune fille se dirigea vers la porte.

– Je vais à la salle à manger. A deux heures je réunirai le personnel. Voulez-vous déjeuner avec moi?

Le comte dit à voix basse :

– Tu ne peux pas savoir combien je souffre, Lorinda. Essaie de me pardonner!

Mais la jeune fille sortit du bureau sans répondre.

2

Lorinda se tenait dans le hall; elle regardait la console placée juste à côté de l'entrée avec un sourire amer.

Il lui semblait incroyable de se rappeler qu'une semaine plus tôt cette console débordait de lettres, d'invitations, de bouquets envoyés par ses admirateurs.

Si quelque chose pouvait lui faire détester les hommes davantage, c'était bien leur veulerie de ces derniers jours. Une information avait couru dans la capitale : le comte de Camborne et Cardis vendait tous ses biens.

Tout d'abord, le lendemain de la fête d'Hampstead, une profusion de fleurs était arrivée, avec des mots de félicitations, et le heurtoir de la grand-porte n'avait cessé de résonner.

Le comte n'était pas en état de faire un long voyage le jour même, mais Lorinda l'avait contraint à écrire à Charles Fox pour lui promettre que les cent mille livres lui seraient versées le plus tôt possible, et pour lui annoncer qu'une firme spécialisée dans les ventes publiques serait chargée de réaliser sa fortune.

– Fox aura de la chance s'il obtient les trois quarts de la somme! grommela Camborne en signant son épître.

– Je ne vous permettrai pas d'être un mauvais payeur, papa! Nous trouverons l'argent, même si nous devons rembourser des emprunts le reste de notre vie!

Le comte bredouilla un juron et se servit un cognac.

Il ne fut capable de partir pour la Cornouailles que deux jours plus tard. Il fit atteler à sa voiture deux bais de grande valeur et choisit le plus expérimenté de ses valets d'écurie.

Il déplaisait à Lorinda qu'il en fût ainsi, mais elle garda le silence. Elle souhaita bonne route à son père qui partit d'excellente humeur, sans plus se soucier de ce qui arriverait ou non à sa fille.

En fait, celle-ci le considérait plus comme une charge que comme une aide, mais la tâche de vendre la maison et d'emballer ce qu'ils gardaient pour eux lui semblait colossale.

Elle n'aurait pas trop de toute son énergie morale et physique!

Deux vieux serviteurs qui avaient passé leur vie à Camborne House avaient décidé de rester auprès de Lady Lorinda jusqu'au dernier moment. Les autres avaient reçu leur congé avec d'excellentes références; ils n'auraient aucun mal à trouver une nouvelle place.

La firme choisie pour la vente des biens avait

envoyé une foule d'experts qui devaient évaluer le bâtiment et ce qu'il contenait; leur estimation fut assez forte, à la grande joie de Lorinda. Elle avait craint que la maison ne fût trop lourde et trop vaste pour trouver facilement acquéreur, mais des visiteurs se présentèrent bientôt, et ils semblaient intéressés.

S'il ne s'en trouvait pas un pour souhaiter en faire sa résidence privée, peut-être serait-elle aménagée en salons de jeu? Mais la jeune fille n'en avait cure.

Quelques tableaux avaient une grande valeur; les meubles, par contre, n'étaient pas toujours en bon état, cependant les agents les déclarèrent tout à fait vendables. Quant aux tapis et aux rideaux, ils n'avaient pas été remplacés depuis des années : il ne fallait rien en attendre.

Si Lorinda s'était sentie d'humeur à pleurer sur son sort, elle n'en aurait pas eu le loisir. A chaque instant, quelqu'un lui demandait si tel ou tel objet devait être emballé ou laissé sur place; les huissiers qui dressaient l'inventaire lui réclamaient des précisions sur l'histoire d'une miniature ou d'une élégante tabatière. On découvrait des œuvres d'art cachées dans des tiroirs, enfouies au grenier, perchées en haut d'une armoire!... Lady Lorinda devait avoir l'œil à tout.

Mais une chose avait profondément blessé la jeune femme : c'était la conduite de Lord Edward Hinton.

Bien qu'elle l'eût toujours traité avec dureté par le passé, elle avait pensé qu'il lui resterait fidèle quand tous les autres l'abandonneraient à son triste sort.

Juste avant le départ du comte pour la Cornouailles, elle avait reçu d'Edward la note suivante :

« Lorinda,

Je suis obligé de m'absenter de Londres pour des

raisons impératives. Vous connaissez mes sentiments. Bien que vous ayez constamment refusé de m'épouser, je reste votre ami. Aussi ne pouvais-je m'en aller sans vous envoyer un dernier adieu.

Ma belle aux grands yeux verts, je me souviendrai toujours de vous!

Edward. »

Les lignes dansèrent un moment devant les yeux de Lorinda. Puis elle se tourna vers son père.

– J'aimerais connaître un détail, papa. Qui était avec vous lorsque vous avez perdu cet argent? Qui vous a vu tricher?

Le comte n'apprécia guère la question, mais la jeune femme attendait une réponse et il ne pouvait s'esquiver :

– Charles Lambeth...

– Et le duc de Dorset, n'est-ce pas?

Camborne inclina la tête.

Sa fille froissa en boule le mot d'Edward et le jeta dans la cheminée avant de sortir de la pièce. Elle savait ce qu'elle désirait savoir.

Le duc et la duchesse de Dorset lui avaient toujours témoigné une grande froideur; elle était la dernière femme qu'ils auraient désirée avoir comme belle-fille. Le duc était vieux et conservateur, plein de préjugés de l'ancien temps. Il devait haïr et mépriser les tricheurs par-dessus tout.

Edward dépendait financièrement de son père, et le duc avait agi avec décision; il avait sûrement obligé le jeune homme à partir pour l'étranger ou pour l'un de ses domaines au fin fond de la campagne, en attendant que l'affaire soit classée.

« Je ne dois compter sur personne! » se dit fièrement Lorinda.

Mais elle se sentait seule et abandonnée...

Nul ne venait plus frapper à la porte, hormis les acheteurs éventuels et les hommes d'affaires.

« Plus grande est la gloire et plus dure la chute! »

La jeune fille eut un sourire amer.

Elle entendit résonner une fois encore le heurtoir et pensa qu'il s'agissait des ouvriers venant déménager les meubles pour la vente aux enchères du lendemain.

Comme les vieux domestiques étaient à l'étage, terminant ses bagages, Lorinda alla ouvrir la porte elle-même. Devant elle, plus sarcastique et plus basané que jamais, se tenait Lord Wroxton.

La jeune femme le dévisagea en fronçant les sourcils.

– Je ne reçois pas, Ulric.

– Il faut que je vous parle. Me permettez-vous d'entrer?

Lorinda recula d'un pas.

– Venez-vous voir les tableaux avant qu'on les emporte? Ou désirez-vous retenir quelques bijoux qui vous plairaient?

Sa voix était chargée d'ironie : elle savait la demeure de Hampstead pleine de trésors, et rien de ce que possédait son père ne pouvait intéresser Lord Wroxton.

– Je vous ai dit que je désirais vous parler.

– Essayons donc de trouver deux chaises. Tout est déjà emballé.

Lorinda conduisit son visiteur dans la bibliothèque aux rayonnages dépouillés de leurs livres. On avait roulé le tapis, décroché les gravures et les rideaux. L'atmosphère de la pièce était plutôt déprimante.

Néanmoins, Lord Wroxton n'avait d'yeux que pour Lorinda; il la trouvait plus belle que jamais, avec ses joues si pâles sous son abondante chevelure rousse.

– Nous ne pouvons même pas nous asseoir! Dites-moi ce qui vous amène, déclara la jeune femme d'un ton neutre.

– Je viens vous emmener loin de cette abomination! Partons pour le continent! Nous y serons à l'abri des méchantes langues et je crois que nous nous entendrons à merveille.

Lorinda sourit.

– C'est très gentil à vous, Ulric, de m'inviter ainsi; mais vous connaissez ma réponse.

– Qu'avez-vous à perdre, maintenant? Seulement ce gâchis dans lequel votre père vous a précipitée.

Lorinda pencha la tête sur le côté pour regarder Lord Wroxton, l'air moqueur.

– Au bout de combien de temps me trouverez-vous insupportable? Vous n'êtes pas du genre, mon cher, à lâcher le monde pour l'amour!

– Si vous répondez à mes sentiments, je n'aurai aucun regret.

– Si je répondais... Voilà le point crucial! Vous savez comme moi que je me disputerai avec vous dès le lendemain de notre départ.

– Je suis fou de vous, Lorinda! Je vous apprendrai à m'aimer!

La jeune fille éclata de rire.

– Etes-vous assez naïf pour y croire vous-même? Je déteste les hommes. Je n'en aimerai jamais aucun! L'amour est un état d'âme qui ne m'intéresse pas.

Lord Wroxton fit un pas en avant.

– Par Dieu, Lorinda, vous me faites perdre patience!

– Et vous êtes loin d'être un saint.

Les yeux verts de Lorinda brillaient de malice comme elle ajouta :

– Je devine que vous avez rassemblé tout votre courage pour me faire cette proposition mais, du fond du cœur, Ulric, vous espériez que je refuserais!

– Absolument pas! Je vous ai toujours trouvée si attirante, ma belle ensorceleuse! Allons, réfléchissez! Venez avec moi. Je vous protégerai. C'est dans votre intérêt! Soyez raisonnable!

– Je n'ai jamais été raisonnable. Et je sais que, si nous traversons la Manche de compagnie, vous aurez mille raisons pour me jeter à la mer, car je refuserai vos caresses. Je déteste qu'on me touche!

Elle parlait avec véhémence et ses yeux jetaient des éclairs.

– Je n'ai jamais vu une femme aussi récalcitrante! Ni aussi stupide! conclut Lord Wroxton.

Il faisait les cent pas sur le parquet sans tapis en criant :

– Avez-vous pensé à ce que sera votre vie, là-bas, en Cornouailles, avec votre père tournant comme un lion en cage, et qui ne pourra plus jouer aux cartes?

Lorinda frémit; cette pensée lui était déjà venue plusieurs fois.

– Plus de fêtes ni de réceptions! Plus d'admirateurs à vos pieds! Oh, pardon, j'oubliais les rustres du coin!

Il donna un coup de pied dans les carpettes soigneusement roulées.

– Dans ce cas, ma chère, la plus grande beauté se fane bien vite!

La jeune fille baissa les paupières et pâlit encore. Emu, son visiteur s'approcha d'elle et lui mit son bras autour des épaules.

– Venez donc, venez avec moi... Nous mènerons joyeuse vie! N'aimeriez-vous pas voyager jusqu'en Orient? J'ai toujours rêvé de visiter ces pays exotiques...

Lorinda ne s'écarta pas, mais Ulric la sentit se raidir.

– Et quand nous aurons épuisé les charmes de l'Asie, quoi d'autre?

– Ma femme peut mourir. Elle n'a pas de santé.

– Quelle platitude! C'est comme lorsque vous

vous plaignez de ce qu'elle ne vous comprend pas. Croyez-vous que les gens meurent quand on le souhaite?

Lord Wroxton la regarda, pensif. Les rayons du soleil qui passaient par la fenêtre inondaient ses cheveux; elle était nimbée de lumière.

– Comme vous êtes belle... Plus qu'aucune autre femme! Et je vous désire plus que je ne saurais le dire. Je suis très persévérant, Lorinda. Je finirai par vous posséder!

– Restez avec vos chimères!

– Non! Vous ne pouvez être assez sotte pour refuser la seule proposition intéressante que l'on vous fasse en ce moment! J'ai entendu parler d'Edward. Il est parti pour la campagne. Et vos autres soupirants déposent maintenant des fleurs chez la nouvelle idole du jour.

Lorinda se contenta de sourire de ces paroles blessantes, et cela le mit en rage.

– Ma fortune est immense : je suis prêt à la dépenser jusqu'au dernier sou pour vous couvrir de joyaux et de fourrures... Quelle femme êtes-vous donc?

– Je savais que nous en viendrions à parler argent, tôt ou tard. Si on me vendait à l'encan, avec les tableaux et les meubles, feriez-vous monter les enchères? Pas très haut, il me semble. Mais la décision est entre mes mains, et je vous répète que je ne suis pas intéressée par votre offre.

– Si je n'étais pas fou de vous, je vous planterais là sans un mot de plus. Mais je veux vous laisser une chance. Toute la journée, j'attendrai votre réponse définitive. Vous n'aurez qu'un mot à m'écrire : oui.

La jeune fille le repoussa.

– Mon cher Ulric, je n'oublierai pas de sitôt votre geste généreux... Vous êtes le seul...

– Mais c'est non, n'est-ce pas?

– Quand je serai au fin fond de la Cornouailles,

regardant la mer et me demandant ce que je mangerai le soir, je penserai à votre fortune et je serai heureuse qu'elle n'ait pas été assez grande pour m'acheter.

– Que voulez-vous dire?

– Rien dans votre proposition ne me donne envie d'y agréer. Vous ne m'offrez rien qui me tente ou qui me pousse à vous céder.

– Je ne vous comprends pas.

– Et c'est très bien ainsi. Au revoir, Ulric.

– Au revoir?

– Adieu, si vous préférez. Merci de votre visite.

Ne pouvant plus se contrôler, Wroxton voulut étreindre la jeune femme, mais elle lui échappa.

– Ne vous montrez pas désagréable! Partez, Ulric. J'ai du travail. Je ne peux vous consacrer davantage de temps.

– Sacrebleu, écoutez-moi! Je suis sincère! Vous n'allez pas me renvoyer ainsi!

– Vous trouverez seul votre chemin. Je ne vous raccompagne pas.

Lorinda ouvrit la porte et s'élança dans le corridor; Wroxton l'entendit monter l'escalier en courant.

Il restait immobile, abasourdi, moins frustré que bouleversé. Il avait cru que Lorinda saisirait son offre au vol pour ne pas aller s'enterrer dans des solitudes provinciales. Mais son refus l'avait complètement désappointé.

Espérant à demi la voir revenir, il attendit quelques minutes. Un profond silence régnait dans la demeure. A pas lents, il gagna le hall où il reprit son chapeau et ses gants; il franchit le seuil à regret.

★

Beaucoup de monde vint pour la vente, plus que n'en attendaient les commissaires-priseurs.

Les adjudications devaient commencer à dix heures, mais la grande salle était comble bien avant.

Lorinda savait que le public était surtout venu par curiosité. Elle se tenait fièrement au premier rang et elle reconnaissait sans peine les visages de ses ennemis avec leur avidité de vautours; il y avait là ceux qu'elle ignorait, dédaignait, ceux qui s'étaient offusqués de ses manières, les jeunes filles qui auraient voulu l'imiter sans avoir jamais osé...

On pouvait voir aussi, heureusement, bon nombre de marchands et d'intermédiaires qui feraient monter les prix.

– Vous désirez vraiment être présente, Milady? avait demandé le directeur de la vente.

– Naturellement!

– C'est une situation pénible, surtout pour une dame... En général, nos clients se reposent sur nous et préfèrent ne pas paraître.

– Je veux suivre les enchères, conclut Lorinda sur un ton sans réplique.

Elle savait que sa présence choquerait la plupart des assistants, mais elle ne tournerait pas le dos comme son père!

« Ils penseront ce qu'ils voudront, se dit-elle. En tout cas, ils ne pourront pas penser que je suis prostrée sur mon lit, à sangloter. »

Arborant une de ses toilettes les plus spectaculaires, complétée par un immense chapeau à plumes, elle était très en beauté. Sur un petit carnet qu'elle tenait à la main, elle nota le prix qu'atteignait chaque objet. Froide et indifférente, elle vit disparaître tout ce qui avait été le décor de son existence.

Lorsqu'on en vint aux bijoux de sa mère, elle éprouva pour la première fois un sentiment de regret.

« Maman, vous brillez comme la reine des fées! » disait-elle, enfant, lorsque Lady Camborne l'embrassait dans la nursery avant de sortir pour une réception.

« Ce collier est fait d'émeraudes, il me vient de ma marraine et il sera pour toi plus tard. Les pierres ont presque la couleur de tes yeux. »

Le commissaire-priseur disposa devant lui toute la parure : diadème, bracelets, boucles d'oreilles... Lorinda ne l'avait jamais portée car elle la trouvait trop voyante pour une jeune fille. Elle se flattait d'avoir du goût.

Lorsqu'elle avait sorti du coffre-fort les bijoux à vendre, elle avait ouvert l'écrin contenant le collier. Comme il serait splendide sur la peau blanche de sa gorge! Mais il devait partir comme le reste.

Elle se tourna légèrement sur son siège pour voir qui emporterait la parure.

Lorinda aurait très bien pu garder pour elle tout ce qui lui venait de sa mère. Déjà, par le passé, elle avait souvent empêché le comte de mettre en gage ou de vendre ces bijoux si précieux.

– Ils sont à moi, papa! Ils viennent de la famille de maman. Ils n'ont rien à voir avec les Camborne!

– Je n'emprunterai qu'une petite somme... Et je les reprendrai vite chez l'usurier, disait-il.

Mais elle n'avait jamais cédé. A présent, elle les offrait aux enchères parce qu'elle ne pouvait supporter de laisser impayée une dette d'honneur.

Lorsque enfin le marteau tomba et que les émeraudes furent adjugées, il lui sembla qu'avec elles disparaissaient sa jeunesse et ses illusions.

Son seul réconfort fut de voir que l'acheteur ne figurait pas au nombre de ses relations; c'était un homme âgé, vêtu sobrement, comme un clerc de notaire; il était modestement assis au fond de la salle. Il devait être envoyé par quelque joaillier de renom.

« Quand la parure sera revendue, je serai en

Cornouailles et je ne la verrai briller sur personne de connu, Dieu merci! » pensa Lorinda.

La fin de la séance lui parut très longue. Lorsque le dernier meuble de la liste fut présenté, elle en éprouva un profond soulagement.

– Une bonne journée, si vous me permettez de m'exprimer ainsi, Milady! s'exclama le directeur de la salle quand celle-ci fut enfin vide.

– Quel chiffre obtenons-nous, à peu près?

– Nous sommes à plus de quarante-cinq mille livres, certainement. Si vous acceptez les vingt-cinq mille offertes pour la maison, cela nous donnera soixante-dix mille livres.

– Vous déduirez votre commission et vous ferez un chèque à l'ordre du Très Honorable Charles Fox.

– Entendu, Milady.

Lorinda jeta sur ses épaules une cape de voyage.

– Vous partez sur l'heure? s'enquit le directeur.

– Oui, ma voiture m'attend.

Et, de fait, la grosse berline était devant la porte, bourrée de malles, de cartons, de valises, de boîtes de toutes formes, d'ustensiles de cuisine qui ne valaient pas d'être mis en vente, mais qui seraient utiles à la campagne.

Lorinda monta sur le siège du cocher où attendait un jeune groom et lui prit les rênes des mains.

Il n'y avait pas grand monde dans les rues de Londres car c'était l'heure du déjeuner, mais la jeune fille se dit qu'avant peu, le beau monde se régalerait de la dernière frasque de Lorinda Camborne.

Dans les faubourgs, les habitants regardèrent avec étonnement cette dame de qualité en chapeau à plumes qui menait bon train sa voiture et montrait tant d'habileté.

Les chevaux étaient frais et l'allure augmenta sur

la grand-route du sud-ouest. Lorsqu'on fut en pleine campagne, Lorinda passa les rênes au groom.

– Tenez-les un moment, Ben. Puisqu'un long voyage nous attend, je désire me mettre à l'aise.

La jeune femme ôta son extravagant chapeau et le fourra sous son siège, puis elle cacha ses cheveux sous une écharpe qu'elle noua sous son menton.

En lui rendant les rênes, le groom souriait.

– C'est comme qui dirait une aventure, n'est-ce pas, Milady?

– Nous partons pour l'inconnu, Ben! Et puisque c'est un voyage sans retour, autant profiter du voyage!

En parlant ainsi, Lorinda contemplait l'horizon gris-bleu qui, dans quelque temps, laisserait voir la mer. Elle avait raison de dire que le voyage serait sans retour.

Sa vie basculait dans l'imprévu ou, plutôt, prenait un nouveau tournant...

★

Le trajet fut long, en effet, et Lorinda sentit la fatigue bien avant d'atteindre la Cornouailles.

Puisqu'elle ne pouvait changer de chevaux à chaque relais de poste, ce qui était devenu bien trop cher pour sa bourse, elle devait conserver une allure modérée. Il fallait s'arrêter tôt dans l'après-midi pour que les bêtes prennent du repos, avant de repartir au petit matin.

Et, puisqu'elle devait économiser sur tout, Lorinda ne choisissait pas de vastes et luxueuses auberges, mais des hôtels modestes et peu confortables où son arrivée causait beaucoup de remue-ménage, car les personnes de qualité s'y arrêtaient rarement.

Le propriétaire était toujours désireux de se mettre en quatre pour elle; si les draps étaient rugueux et le décor fort simple, elle n'en dormait pas moins d'un bon et lourd sommeil. Elle se réveillait chaque matin débordante d'énergie.

Elle ne portait plus l'élégante robe du jour des enchères mais une tenue plus simple et plus commode. Elle avait même hésité un moment à s'habiller en homme; toutefois, elle avait renoncé à cette idée pour ne pas scandaliser la population paysanne.

Elle restait donc gracieuse et féminine, quoique sa façon de voyager sans chapeau surprît beaucoup les épouses d'aubergistes.

Certaines portions de la route étaient en mauvais état mais, par ce temps sec et beau, les roues de la lourde berline ne s'enfonçaient pas dans la boue épaisse : l'un des pires inconvénients des voyages en hiver. Il y eut naturellement quelques averses, mais Lorinda repoussa les suggestions de Ben de s'abriter à l'intérieur. Son manteau était à capuchon et elle le jugeait suffisant contre les intempéries.

Ensuite il fit très chaud; des mouches vinrent bourdonner autour des chevaux et Lorinda préféra s'arrêter plus tôt après le déjeuner.

Elle ne parlait guère à Ben et restait absorbée dans la conduite de l'équipage. Des pensées pénibles venaient la hanter. Elle s'interrogeait sur l'avenir et sur la façon dont son père trouverait les trente mille livres manquantes.

Charles Fox n'exigerait pas un remboursement immédiat car il était connu pour sa bonhomie; ayant lui-même été obligé de payer nombre de dettes de jeu, il savait combien il était difficile de réunir rapidement de grosses sommes.

Mais, en fin de compte, il faudrait bien compléter les cent mille livres, et elle ne voyait aucune solution.

Après la traversée de l'aride et triste lande de Bodmin, les voyageurs arrivèrent dans une contrée différente; Lorinda n'était pas revenue dans l'estuaire du Fal depuis des années : elle avait oublié comme les fleurs y sont nombreuses, variées et odorantes.

Le climat de cette région peut presque être qualifié de méditerranéen. Aussi trouve-t-on là, en pleine nature, des plantes qui ne poussent nulle part ailleurs en Grande-Bretagne. Lorinda reconnaissait des orangers, des citronniers et même, ici ou là, un bananier.

L'herbe était brillante et grasse, parsemée de fleurs sauvages. Des souvenirs de son enfance revenaient en foule à la jeune fille.

Quand sa mère vivait encore, elle venait souvent au Prieuré. Ce ne fut qu'après sa mort que le comte refusa de quitter Londres. Aussi la demeure de Cornouailles fut-elle fermée à ce moment-là et confiée à la garde d'un couple de vieux gardiens qui faisaient un peu de ménage et de jardinage.

Ces deux serviteurs ne pouvaient donner satisfaction au comte, il fallait s'y attendre! Aussi Lorinda n'avait-elle pas laissé partir le valet qui accompagnait son père sans une interminable liste de recommandations.

Comment la vie se déroulait-elle au Prieuré? Cahin-caha sans doute, et son père serait soulagé de la voir arriver!

Les chevaux gravirent lentement la pente d'une colline et, parvenus au sommet, ils reprirent de la vitesse pour descendre en direction de la mer.

Lorinda pointa son fouet et dit à Ben :

– Nous y voilà, enfin! J'aperçois le Prieuré!

Un peu d'orgueil perçait dans sa voix car le spectacle était magnifique. L'ancienne demeure comprenait tous les bâtiments d'une abbaye, à l'exception de l'église qui avait été rasée. De pierre blanche sur un fond d'arbres centenaires, elle déployait avec majesté ses différents corps de logis; elle semblait braver le temps comme les vagues inlassables de la mer qui s'étendait, d'un bleu profond, jusqu'à l'horizon.

– Oh, Milady, c'est-y votre maison? s'extasia Ben.

– En effet! lança Lorinda, quoique avec moins d'enthousiasme.

Elle savait qu'en s'approchant, les signes de délabrement deviendraient de plus en plus visibles.

La longue avenue était creusée d'ornières et, par endroits, complètement défoncée; la double rangée d'arbres qui la flanquait n'avait pas été élaguée depuis des années; les branches en berceau encadraient noblement le Prieuré qui avait encore bel aspect, mais les voyageurs découvrirent bientôt combien la propriété avait souffert d'un abandon si prolongé.

La cour sablée n'était plus qu'un fouillis de mauvaises herbes; des barreaux de la grille d'honneur manquaient par endroits et la rouille dévorait ceux qui étaient encore en place; la porte de fer forgé pendait de guingois sur ses gonds.

Lorinda fit stopper la berline devant le perron; ses bras lui faisaient mal d'avoir conduit si longtemps. Elle ne l'aurait avoué à personne, mais elle était soulagée de voir son voyage se terminer.

Elle mit pied à terre tandis qu'apparaissaient le valet d'écurie qui avait accompagné le comte, et le couple de gardiens. Lorinda leur adressa quelques mots puis entra dans la maison.

A l'intérieur, le délabrement et les dégradations étaient encore plus manifestes. De grandes taches d'humidité marquaient les murs, et il valait mieux ne pas regarder les plafonds.

Les meubles n'avaient pas été astiqués depuis des années, ni les vitres lavées, ni les planchers décapés à la paille de fer. Une fine poussière recouvrait toute chose.

Lorinda ouvrit la porte de plusieurs pièces pour les trouver dans le même état d'abandon. Elle pensa que son père avait dû s'installer au premier étage dans la suite du maître de maison qui donnait sur la mer et possédait de belles cheminées de marbre sculpté.

Comme elle s'y attendait, le comte se trouvait là, installé devant un guéridon où il faisait une réussite.

– Me voici, mon cher papa!

Camborne la regarda sans se lever. Il avait les yeux injectés de sang, et une forte odeur d'alcool régnait dans la pièce.

– Comme vous le voyez, j'ai fait bon voyage. Et, puisque vous avez l'air si intéressé, j'ajouterai que nous n'avons pas rencontré de voleurs et que nous n'avons pas eu d'accidents.

– M'apportes-tu de l'argent, Lorinda?

– Vous devriez savoir que le produit de la vente a été déposé sur le compte de M. Fox dans sa totalité.

– Dans sa totalité?

– Bien sûr!

– Folle que tu es! Et maintenant, de quoi vivrons-nous?

– Je n'y ai pas encore réfléchi. Peut-être vendrons-nous la berline et les chevaux? Et je suppose qu'il y a des légumes au jardin?

– Des chardons et des pissenlits, si cela te tente.

Lorinda se dirigea vers la fenêtre et contempla ce qui avait été jadis un parc à la française. Le gazon s'était changé en savane et les buissons taillés ressemblaient à une jungle tropicale. La mousse avait recouvert le socle des statues et la margelle des bassins, dont les pierres fendues ne retenaient plus l'eau.

Et, pourtant, un radieux soleil inondait les fleurs : des roses à foison, des pivoines échevelées, des marguerites à longue tige gracieusement courbée souhaitaient la bienvenue à la jeune fille.

Oui, elle était chez elle, elle était à la maison!

Elle crut entendre la voix de sa mère tant sa

présence lui paraissait proche. Avec courage, elle s'arracha aux souvenirs et à la douce chaleur des rayons pour revenir auprès du comte.

– Je vais inspecter les combles et m'occuper du dîner, papa. J'aimerais manger tôt; je suis affamée!

– La nourriture est infecte ici. Personne ne sait cuisiner. Je me demande à quoi sert...

Lorinda quitta la pièce sans écouter la fin de la phrase et entreprit d'explorer toutes les chambres. La réalité dépassait ses pires craintes!

– J'espère que c'est mangeable, grommela le comte quand la gardienne lui présenta le premier plat du dîner.

– C'est moi qui ai préparé ce potage, dit Lorinda. Et je me propose d'expliquer demain à Mme Dogman ce que j'attends d'elle comme cuisinière.

– C'est ma foi meilleur que les infâmes brouets que j'ai avalés avant ton arrivée, concéda son père.

– N'avez-vous pas envie de tirer un lièvre ou deux? J'en ai vu dans l'avenue.

– Je ne sais même pas s'il y a un fusil dans cette baraque.

– A quoi vous êtes-vous occupé jusqu'à présent?

– Je suis allé au village...

– Visiter l'auberge locale? « Aux armes des Penryn », si ma mémoire est bonne?

– Et où irais-je à part cela? Songe qu'il n'y a pas une seule bouteille à la cave!

Le comte fit une pause avant d'ajouter :

– Le cognac de l'auberge est excellent!

Comme Lorinda le regardait d'un air interrogatif, son père ajouta :

– Il vient tout droit de France; tu vois ce que je veux dire...

– Vous voulez dire... que c'est du cognac de contrebande?

– Oh, depuis toujours les Cornouaillais ont leurs petits métiers!

Lorinda resta silencieuse et le comte reprit d'un air pensif :

– Pourquoi ne pas essayer nous-mêmes? On m'a raconté que c'est un moyen rapide de faire fortune. L'argent investi dans ce genre de trafic est multiplié par cinq, voire par dix!

– Est-ce bien vrai? Cela me semble fabuleux!

– Au moins, un frisson d'aventure relèverait-il la monotonie de notre existence dans cet endroit perdu!

Le comte parlait avec acrimonie et Lorinda s'empressa de changer de sujet.

– Nos voisins ont dû être surpris de votre retour. Avez-vous renoué connaissance? Y a-t-il des changements?

– Pas grand-chose, sinon que beaucoup d'entre eux sont morts et que le reste a l'air d'avoir cent ans.

La jeune fille éclata de rire.

– Allons, papa, nous ne sommes plus place de Hanovre mais cette maison est la nôtre, et nous la rendrons aussi agréable que possible!

– Agréable... C'est vite dit!

– J'ai oublié le nom des gens d'ici. Je suis sûre que je compte d'anciens amis parmi eux.

– Je n'ai eu aucune visite et je n'ai rencontré personne.

– On ne sait pas encore que vous êtes de retour au Prieuré. Comment s'appellent nos fermiers?

Camborne haussa les épaules, comme s'il s'en moquait. Il dit enfin :

– J'ai appris une nouvelle, à l'auberge.

– De quoi s'agit-il?

– Un fou est en train de retaper le vieux château des Penryn!

– Oh! Est-ce possible? Un de leurs descendants?

– Non. Un homme qui n'a rien à voir avec la famille. Un nommé Hayle. Durstan Hayle. Il arrive tout droit des Indes.

– Sa fortune doit être colossale, sans doute, pour entreprendre de restaurer ce nid de hiboux! Je m'en souviens très bien : il était déjà dans un état bien pire que notre maison aujourd'hui.

– Au village, on raconte que cet homme roule sur l'or. Peut-être joue-t-il aux cartes?

– Papa! Voyons! Votre dette n'est pas encore entièrement remboursée!

– Comment finirai-je de la payer si je ne peux me faire un peu d'argent au jeu?

– Il faut une mise initiale et vous n'avez rien, rappela gentiment Lorinda comme si elle grondait un enfant.

– Si cet Hindou a envie d'entamer une partie ou deux, ce n'est pas toi qui m'empêcheras de m'asseoir en face de lui. Qui sait? Je pourrais lui extraire un joli paquet...

Lorinda se mordit les lèvres.

« Impossible de lui faire entendre raison! » songea-t-elle.

Comment lui faire comprendre qu'il devait tout d'abord payer Charles Fox avant de se remettre à jouer?

– Cela m'amuserait de visiter le château des Penryn, déclara-t-elle. On ne vous a rien dit sur ce M. Hayle?

– Simplement qu'il gaspille son argent.

– Je me demande pourquoi il le dépense pour cette vieille demeure, loin de tout. Les nababs qui ont fait fortune aux Indes préfèrent en général s'installer à Londres, ou à Richmond.

– Il va sûrement défigurer cette merveille d'architecture, grogna le comte, l'air sombre. Quand j'étais gamin, on ne trouvait pas mieux dans le comté! Il y avait des bals en hiver, des garden-parties en été. Le vieux Lord Penryn était un hôte parfait, et d'une générosité... On ne voit plus cela de nos jours!

Il avait retrouvé sa bonne humeur en évoquant sa jeunesse et Lorinda s'empressa d'abonder dans ce sens.

– Vous avez dû beaucoup vous amuser, à cette époque!

– Il possédait une écurie incomparable! Il organisait des steeple-chases... Il me demandait toujours de l'aider à tracer l'itinéraire. Comme on s'amusait! Même si deux ou trois concurrents se rompaient le cou en tombant de cheval!

Camborne poussa un soupir.

– Alors que ce béotien de Hayle ne doit pas savoir distinguer la tête et la queue d'un pur-sang : il a l'habitude des éléphants!

Il parlait avec mépris et Lorinda sentit qu'il supportait difficilement que son voisin passe pour être si riche alors que lui-même était aux abois.

Son père devenait mesquin et elle pâlit en songeant qu'il était fort capable de se mettre à dos cet important M. Hayle. A moins que le pays ait beaucoup changé, les relations acceptables y étaient peu nombreuses, et disséminées sur une vaste étendue. Quel que fût le nouveau venu, le simple bon sens conseillait de s'en faire un ami.

« Sans doute a-t-il le même âge que papa, réfléchissait Lorinda. J'espère que ce n'est pas un gros buveur... Nous ne pourrons pas lui offrir une cave bien garnie! »

Quand le repas fut terminé, elle se rendit dans le petit salon avec le comte et prit mentalement des notes pour essayer de rendre cet endroit plus accueillant et confortable.

Il était inutile d'ouvrir un grand nombre de pièces, avec si peu de personnel. Il valait mieux rechercher les meubles en bon état, les réunir dans la partie la mieux conservée du logis, et abandonner le reste du Prieuré aux souris et aux araignées.

Comme s'il suivait le fil de ses pensées, le père de Lorinda jeta soudain avec violence :

– Je ne peux pas le supporter! Je ne resterai pas ici, à cent lieues du monde civilisé! Sans personne à qui parler sinon des paysans avec qui je vide une chopine pour tuer le temps!

Sa voix montrait un tel désarroi que Lorinda en fut émue.

– Hélas, papa, nous n'y pouvons rien! Nous sommes forcés de rester ici, à moins que se présente un acquéreur pour la maison et les terres. J'ai mis une offre chez plusieurs agents de Londres, mais ils se sont montrés assez peu optimistes.

Comme le comte ne semblait pas vouloir répondre, elle poursuivit :

– Le plus tôt possible, je me rendrai à Falmouth; il s'y trouve certainement un notaire qui fera paraître pour nous des annonces dans les journaux de la ville.

Elle s'attendait à une explosion venant de son père, comme cela s'était déjà produit à Londres. Mais il déclara sur un ton de colère contenue :

– Agis à ton idée... Si je dois m'enterrer dans ce trou, un jour viendra où je me tuerai pour de bon!

Il accompagna ses paroles d'un grand geste du bras qui fit tomber de la table placée devant lui les cartes de ses éternelles réussites.

Ce fut pour lui la dernière goutte de la coupe d'amertume; il enfouit son visage entre ses mains et se mit à jurer en pleurant.

Il égrena un chapelet d'imprécations dont certaines étaient obscènes...

Lorinda ne resta point à l'écouter; elle ouvrit la porte-fenêtre et sortit dans le jardin. Le soleil se couchait dans un éblouissement de pourpre et d'or.

Elle entendit l'appel aigu d'une chauve-souris et, levant les yeux, découvrit sa petite silhouette ailée qui voletait au-dessus d'elle.

Avec un cri de frayeur, la jeune femme s'éloigna jusqu'à ce qu'elle n'entendît plus les vociférations de son père. Elle admirait la nature, les seringats odorants, les rosiers retournés à l'état sauvage et couverts d'églantines.

Un banc de pierre était brisé; tout paraissait délaissé.

Lorinda poussa un long soupir.

– Non, je ne perdrai pas courage! lança-t-elle d'une voix fière qui se perdit dans l'épaisseur des fourrés.

3

Il faisait encore nuit et le clair de lune jouait entre les branches touffues du petit bois.

Cependant, la jeune fille aurait suivi les yeux bandés le chemin qui serpentait entre les arbres et menait du Prieuré jusqu'à la mer.

Elle buta contre une racine et entendit le faible tintement des pièces d'or qui s'entrechoquaient dans sa poche. Elle se dit avec satisfaction que, si son père ne se trompait pas, cette somme serait multipliée par dix dans un proche avenir.

Elle se lançait dans une aventure insensée, mais elle ne voyait pas de solution honorable pour subsister. Le pécule rapporté de Londres ne durerait pas longtemps; quand il aurait entièrement fondu, les habitants du Prieuré seraient réduits à vivoter et à se nourrir des produits du jardin et de ceux de la chasse. Plus d'argent pour payer les bouteilles dont le comte ne pouvait se passer! Et comment régler la note qui s'allongeait à l'auberge locale?

Pendant son voyage, où elle avait eu le temps de réfléchir, Lorinda s'était dit que les fermiers n'avaient pas versé leurs redevances depuis longtemps : elle ferait le tour des métairies pour réunir de quoi mener une vie décente.

Elle espérait aussi, sans trop y croire, qu'un voisin ou deux leur rembourseraient quelque ancienne dette...

Or, s'il s'avéra que les fermages étaient en retard; lorsque Lorinda passa voir les paysans, elle fut effrayée par l'état de leurs terres... Elle n'osa pas réclamer son dû; ses interlocuteurs lui présentèrent par contre de longues listes de doléances et de réclamations.

Le comte de Camborne avait été un déplorable propriétaire : au lieu d'investir une partie de ses revenus dans le matériel agricole et dans des réfections, il avait empoché tous les bénéfices, laissant les toits se percer, les granges tomber en ruine, les barrières s'effondrer. Il était urgent d'entreprendre des travaux en de multiples endroits, mais avec quoi?

Lorinda, par conséquent, n'osa souffler mot des fermages. Il lui fallait trouver une autre source de recettes, et la contrebande plaisait à la fois à son caractère hardi et à son mépris des idées reçues.

Elle avait soigneusement dissimulé le petit magot rapporté de Londres, craignant que son père ne s'en saisisse, et elle en avait déduit la moitié, qui serait sa part dans les prochaines cargaisons rapportées de France par les passeurs.

Au cours d'une enquête discrète elle avait compris que les bateaux accostaient dans une baie qui faisait partie du parc, « l'anse de Keverne », une étroite crevasse entre les falaises où les fraudeurs étaient sûrs de ne pas être surpris.

Le ciel s'éclaircit. Les premières clartés de l'aube

faisaient pâlir les étoiles. Lorinda pensa que les contrebandiers ne tarderaient pas à arriver, car ils naviguaient de nuit et se glissaient à l'aurore dans leur repaire, pour décharger la marchandise à la lumière du jour.

La jeune fille marchait prudemment, sans bruit, se demandant si, parmi ces hommes, elle ne reconnaîtrait pas d'anciens compagnons de jeu; petite fille, elle aimait participer aux fêtes villageoises, aux courses à dos d'âne ou aux feux de la Saint-Jean. Elle était la première à grimper dans les merisiers pour y cueillir des cerises sauvages et se barbouiller de leur jus noir, au grand désespoir de sa nourrice! Elle s'était fait beaucoup de camarades parmi les jeunes paysans.

Si elle pouvait en retrouver quelques-uns, ils ne soulèveraient sûrement pas d'objections à sa participation dans leur trafic : ils achèteraient pour elle du tabac, de la dentelle, du cognac, des étoffes de luxe, toutes denrées qui atteignaient des prix fabuleux en Angleterre, à cause de la guerre contre la France.

Les Cornouaillais ne pratiquaient pas la contrebande pour le seul bénéfice qu'ils en tiraient, mais aussi par goût du risque et de l'aventure.

Avec l'aube, commençaient le gazouillis des oiseaux et l'agitation de petits animaux dans les taillis. Lorinda pouvait entendre également le choc du ressac et les cris des pigeons et des mouettes.

Elle avançait avec précaution, marchant d'un pied léger dans l'étroit sentier. Elle ne risquait pas de prendre ses jupes dans les branchages car elle n'en portait point : elle avait toujours aimé les tenues masculines et, dans de vieilles malles du grenier, elle avait découvert les vêtements que portait son père quand il était jeune homme. Les vestes à larges basques ne lui plaisaient guère, mais les culottes s'arrêtant aux genoux lui allaient à la perfection;

c'était juste ce qu'il lui fallait pour une expédition comme celle-ci.

Elle avait passé un manteau par-dessus sa chemise de linon car la matinée de juin était fraîche. Et pour avoir tout à fait l'air d'un garçon, en cas de mauvaise rencontre, elle avait relevé ses cheveux sous une bombe de chasse en velours noir qui avait sans doute appartenu à un piqueur de son grand-père.

Elle s'était regardée dans un miroir avant de quitter le Prieuré et elle s'était trouvée méconnaissable. Il fallait l'examiner de près pour remarquer la finesse de ses traits et leur charme féminin.

Les arbres s'éclaircirent; le bruit des vagues augmenta; Lorinda sortit du bois et fut sur la falaise. Les rochers aux formes déchiquetées surplombaient la faille profonde où les contrebandiers abritaient leurs embarcations.

La jeune fille fit demi-tour et se mit à couvert sous les premiers arbres, noueux et penchés par le vent du large. En effet, si les passeurs voyaient sa silhouette se détacher sur le ciel, ils pourraient la prendre pour un espion à la solde des gardes-côtes. Et elle recevrait une balle de pistolet avant d'avoir pu clamer son identité!

Lorinda voyait la mer s'étendre à perte de vue, bleue et verte, ourlée d'écume le long de la côte. La crevasse entre les falaises s'enfonçait profondément dans les terres et, surtout, s'incurvait très vite, de sorte que les bateaux des douaniers passaient tout près sans que ces derniers soupçonnent la présence d'un véritable petit port dans une anse.

Et personne dans le pays n'en soufflerait mot! La population entière était unie contre les représentants de la loi.

La main dans la poche pour tâter ses pièces d'or, la jeune femme s'appuya contre le tronc d'un pin et attendit. Les dernières étoiles s'éteignaient à l'ouest et la pâle lumière de l'aube donnait au paysage une beauté romanesque et irréelle.

Soudain, le cœur de Lorinda fit un bond dans sa poitrine; un point noir apparut entre les vagues et grossit rapidement. Les membres de l'équipage ne tardèrent pas à devenir visibles, et surtout l'homme à la barre. Avec dextérité, ils naviguèrent entre les récifs jusqu'à la fente dans la falaise.

Lorinda pouvait voir le bateau en détail à présent : il était peint de couleur foncée, sa coque était très effilée, et une douzaine de rameurs manœuvraient leurs avirons sans bruit. Personne ne parlait. Les hommes à la proue sautèrent dans l'eau pour tirer l'embarcation sur la petite plage de galets.

De son poste d'observation, Lorinda put découvrir l'arrière chargé de ballots et de caisses. Elle se pencha pour évaluer la marchandise quand un bruit, derrière elle, attira son attention : une file de poneys conduits par de jeunes garçons s'avançait vers la crique.

Les hommes avaient tous débarqué; c'était le moment de révéler sa présence et de proposer sa coopération; Lorinda fit un pas en avant et ouvrit la bouche pour lancer un appel, mais pas un son ne sortit de ses lèvres. Une main s'était brutalement plaquée sur son visage pendant qu'un bras aussi rigide qu'une barre d'acier lui serrait la poitrine.

Elle n'avait entendu aucun bruit de pas derrière elle, et elle était si choquée de se trouver à l'improviste immobilisée par une force presque surhumaine qu'elle se montra tout d'abord aussi docile qu'un enfant.

Elle se laissa tirer sans protestation sous les arbres; puis son agresseur silencieux la fit pivoter pour l'orienter en direction du Prieuré.

C'est alors que Lorinda retrouva son énergie; elle se mit à donner des coups de pied en arrière et à se tortiller pour échapper à cette étreinte brutale.

Ce fut sans résultat. Le bras qui lui enserrait la poitrine renforça encore sa pression, de sorte qu'elle avait peine à respirer; la main posée sur sa bouche l'étouffait littéralement et lui était intolérable.

Avec un désespoir farouche, la jeune fille s'acharnait à se débattre. Elle essayait surtout de tourner la tête pour voir à qui elle avait affaire, mais en vain.

Elle ne réussit qu'à faire tomber sa bombe de chasse, et ses cheveux se répandirent sur ses épaules en une vague couleur de feu.

C'est alors qu'elle entendit son ennemi pour la première fois : il riait en cherchant à calmer son hilarité. Ces bruits retenus semblaient à la jeune fille beaucoup plus effrayants que des menaces ou des jurons.

Epuisée par ses vains efforts, elle s'affaissa contre le torse de son adversaire en fermant les yeux et elle l'entendit murmurer à son oreille :

– Ce genre d'aventure n'est pas pour vous! Rentrez à la maison!

Lorinda fut piquée au vif par le ton protecteur de ces paroles; elle se remit à jouer des talons et à secouer la tête pour essayer de mordre la main qui lui écrasait les lèvres; elle ne réussit qu'à provoquer un nouvel éclat de rire chez l'inconnu; il la souleva de terre et partit à grands pas à travers bois.

Parvenu à l'endroit où les arbres étaient les plus denses et où les rayons du soleil levant n'avaient pas encore percé l'épaisseur du feuillage, il la remit sur ses pieds.

– Rentrez chez vous! Et gardez votre argent pour un meilleur usage! souffla-t-il en ôtant sa main.

Lorinda posa ses doigts sur ses lèvres, craignant de les trouver en sang. Sa mâchoire la faisait affreusement souffrir. Elle voulut regarder son agresseur en face et examiner ses traits en dépit des ténèbres; au même instant, une forte poussée la contraignit à se mettre en marche vers le Prieuré.

De mauvaise grâce, elle fit quelques mètres puis, furieuse d'obéir à un inconnu et horrifiée de la façon dont il l'avait traitée, elle se retourna d'un geste brusque.

Il faisait si sombre dans l'épaisseur du bois qu'elle avait du mal à distinguer les troncs des arbres; elle scruta les alentours : personne! Il n'y avait plus trace d'être humain, plus aucun bruit.

Lorinda se tenait immobile, indécise, prête à revenir sur ses pas et à discuter avec les contrebandiers. Elle eut soudain l'intuition que la brute qui l'avait ainsi malmenée était leur allié. Qui d'autre aurait pu deviner qu'elle transportait de l'argent? Et qu'elle espérait participer à leur trafic?

Elle demeura sur place quelques minutes, se demandant quel était le meilleur parti à prendre.

Son menton la faisait encore souffrir; elle craignait que ses côtes ne soient brisées; quel spectacle elle devait offrir avec ses cheveux en désordre, son manteau chiffonné, son visage bleu de contusions! Elle n'était pas en état de parlementer avec de futurs partenaires financiers!

Quoique bouillant de colère, elle dut accepter sa défaite. Pour la première fois de sa vie, on venait de l'empêcher d'agir à sa guise. Et elle était encore plus vexée de penser que son adversaire victorieux était un parfait inconnu, qu'elle n'avait pu regarder en face, et qu'elle ne serait pas même capable de le reconnaître à l'avenir!

★

Lorinda sortit de l'écurie, le teint animé, un sourire aux lèvres.

Elle rentrait au Prieuré après plusieurs heures passées à dresser un poulain. Il appartenait à un fermier voisin qui l'avait acquis récemment à la foire de Falmouth et qui s'était aperçu, un peu tard, que le jeune animal possédait un caractère ombrageux et ne lui obéissait en rien.

– C'est pas qu'il était cher, Milady, mais tout de même, je peux pas dire que c'est une affaire!

– Me permettez-vous de le prendre en main? avait demandé la jeune fille dont les yeux s'étaient illuminés de plaisir.

– Pour sûr, Milady! Mais je voudrais point qu'y vous brise les os!

– Pas de danger! avait assuré Lorinda.

Et ç'avait été un combat mémorable entre la bête et sa cavalière!

La jeune femme avait d'abord travaillé à la longe pour fatiguer le poulain, puis s'était risquée à le monter. Après deux ou trois chutes, sanctionnées par des coups de cravache, Lorinda était remontée en selle sans s'émouvoir et, finalement, elle avait réussi à faire respecter ses ordres.

Ce n'était pas encore parfait; il faudrait bien d'autres séances de dressage, mais on pourrait peut-être tirer parti du fougueux animal.

En débouchant dans la cour du Prieuré, Lorinda tomba sur un élégant phaéton attelé de deux chevaux gris et qu'un groom promenait de long en large en attendant son maître.

La jeune fille retint son souffle; elle ne s'attendait pas à trouver des pur-sang de cette allure au fond de la Cornouailles. Qui pouvait bien être leur propriétaire? Il se trouvait sans doute au salon avec le comte.

Lorinda traversa le hall d'un pas rapide, pressée de connaître l'identité du visiteur.

Il ne lui vint pas à l'esprit que ce serait une bonne chose d'échanger sa culotte d'équitation, ses bottes et ses éperons contre une tenue plus féminine. Comme le temps était chaud et orageux, elle était en chemisette et elle avait noué un mouchoir de soie autour de son cou.

C'était sans doute une toilette très bien choisie pour dresser un poulain rétif. Néanmoins, le fermier l'avait regardée avec une certaine surprise. Bah! Il faudrait bien que ce brave homme s'accoutume à la voir ainsi vêtue!

Comment aurait-elle pu réussir ce qu'elle avait accompli dans la matinée en portant une amazone et en s'asseyant de côté sur une selle de dame? Ç'aurait été le plus sûr moyen de se retrouver à terre!

Elle avait noué ses cheveux en un chignon serré qui, au fil des heures, s'était quelque peu défait : des boucles folles s'étaient libérées, encadrant son visage et descendant sur sa nuque.

Sans accorder plus d'importance à son aspect, Lorinda ouvrit la porte du salon.

Comme elle s'y attendait, son père n'était pas seul; il se tenait debout devant la fenêtre et parlait avec animation.

Son interlocuteur se retourna au bruit de la porte; c'était un homme très grand, à la carrure impressionnante, et fort différent des jeunes gens auxquels elle était habituée.

On n'aurait pu le qualifier de beau, ni d'élégant. Il avait un visage singulier, avec des sourcils épais et très noirs qui rendaient son regard très pénétrant.

Il dévisageait l'arrivante d'une manière plus impertinente qu'admirative. Et, quand Lorinda s'avança dans la pièce, elle put voir se dessiner sur ses lèvres une légère moue de dédain.

On ne l'avait jamais accueillie ainsi!

– Te voilà, Lorinda...

Le comte ne semblait pas ravi de sa présence.

– Tu voulais connaître notre voisin, M. Hayle. Il a eu l'amabilité de venir en personne.

La jeune fille tendit la main.

– Comment allez-vous?

Les doigts du visiteur étaient fermes et son

expression tellement sévère que, pour la première fois, Lorinda se dit qu'elle aurait dû passer une robe.

Une présentation est toujours suivie d'une révérence; mais il ne fallait pas y songer avec une culotte d'équitation.

– Je viens de débourrer un jeune poulain qui m'a donné bien du mal. Chez Trevin, l'un de nos fermiers...

La jeune femme se mordit la lèvre. Jamais, jusqu'à présent, elle ne s'était abaissée à donner la moindre explication sur sa conduite.

Elle releva le menton d'un geste fier et fixa M. Hayle droit dans les yeux; elle fut surprise d'y trouver une lueur amusée. Cet homme était-il capable de quitter sa mine austère?

Durstan Hayle se tourna vers le comte.

– Je prends congé, Milord. Réfléchissez à ma proposition. Puis-je compter sur votre réponse dès ce soir ou, au plus tard, demain matin?

– De quelle proposition s'agit-il? s'enquit Lorinda.

– Votre père vous en parlera quand je serai parti.

Cette réponse froissa la jeune fille. Elle se dit que le nouveau venu manquait d'intuition : c'était elle qui commandait désormais au Prieuré.

– Pourquoi ne pas me l'exposer maintenant? insista-t-elle.

Le regard moqueur de M. Hayle s'attarda un moment sur sa personne, d'une manière vraiment désagréable.

« Quel impertinent! Il se croit de taille à me critiquer! » maugréait Lorinda en secret.

Sur quoi il tendit la main au comte.

– Je serai heureux de connaître votre décision, Milord.

Et le visiteur quitta le salon sans accorder le moindre regard à la jeune fille.

Celle-ci demeurait immobile en le regardant s'éloigner. Il n'avait certes pas les manières habituelles de ceux qu'elle avait côtoyés jusque-là!

« Quel malotru! »

Elle avait envie de s'exclamer dans son dos. Mais elle fut encore plus agacée en constatant que M. Hayle n'avait pas les manières d'un rustre; il possédait même une indéniable distinction.

Ses vêtements n'étaient pas coupés à la dernière mode, mais faits d'excellentes étoffes et fort bien coupés. Il les portait avec une nonchalance et un détachement de grand seigneur.

Dès que la porte se fut refermée sur lui et que Lorinda se retrouva seule avec son père, elle lui demanda d'un ton sec.

– Qu'avez-vous manigancé ensemble? J'aimerais bien le savoir!

A sa grande surprise, le comte ne répondit pas tout de suite. Il traversa le salon d'un air embarrassé avant de s'asseoir dans un fauteuil et de se frotter le menton, la mine pensive.

– Papa, est-ce un secret? Je devine qu'il s'agit d'une affaire désagréable!

Elle jetait ces mots avec acrimonie et le comte, piqué, répondit brusquement :

– Au contraire! C'est une occasion inespérée! Hayle se propose d'acheter le Prieuré.

Le visage de Lorinda s'éclaircit.

– Est-ce possible? Quelle merveilleuse solution à nos ennuis! Combien nous offre-t-il?

– Quatre-vingt mille livres!

– Pardon? Vous avez bien dit quatre-vingts? Cet homme est fou! Le domaine et la maison n'en valent pas la moitié!

– Il m'a fait remarquer qu'après avoir remboursé Charles Fox je pourrais toujours m'établir ailleurs avec un revenu confortable. Je trouve ce geste fort généreux. N'es-tu pas de mon avis, Lorinda?

– Si, certainement! Vous m'avez déjà raconté que

M. Hayle gaspille son argent pour restaurer le château des Penryn; mais cela ne lui suffit sans doute pas : il veut remettre en ordre toutes les demeures du comté! Enfin, c'est à notre avantage... Vous avez accepté, bien entendu!

– J'ai pensé que je devais d'abord te consulter.

– Comment pourrais-je dire non, voyons, mon cher papa! Nos rêves se réalisent, plus merveilleux encore que nous n'aurions pu l'espérer! Nous n'aurons plus de dettes et, en faisant attention, nous pourrons reprendre notre existence habituelle, à Londres, ou là où vous voudrez!

– Hayle m'a parlé de l'Irlande. Il semblait deviner les raisons pour lesquelles je souhaiterais éviter la capitale.

– Comment pourrait-il savoir...

Camborne haussa les épaules.

– Il sait! Cela ne fait pas de doute.

– Quelqu'un aura parlé. Alors, installons-nous en Irlande. Il paraît que les chasses à courre y sont incomparables. Comme j'aimerai cela!

Il y eut un profond silence.

– Vous n'avez pas envie d'y aller, papa?

– Si, mais je m'y rendrai seul.

– Comment? Vous n'avez pas l'intention de m'emmener?

– Il y a une... une certaine condition attachée à la vente du Prieuré.

Lorinda considérait la mine embarrassée de son père avec étonnement.

– Quelle condition?

– Que tu l'épouses.

Les yeux de la jeune fille s'agrandirent de stupeur. Elle demeura sans voix un moment, puis réussit à articuler :

– Est-ce une plaisanterie?

– Non. Je te répète mot pour mot les termes de M. Hayle : il rachète les terres et cette vieille bâtisse pour quatre-vingt mille livres. Comme il n'y aura plus de Camborne pour porter le titre, il t'épouse afin que le domaine reste dans la famille.

– Mais c'est insensé! Je n'ai jamais entendu de telles sottises!

Lorinda s'appuya contre le manteau de la cheminée. Il lui semblait que le monde avait cessé de tourner dans le bon sens.

– Vous avez discuté la proposition, j'espère? Vous lui avez suggéré de lui céder le Prieuré moins cher, à condition que je ne sois pas incluse dans le marché?

– Il a très nettement spécifié qu'il annulerait immédiatement l'affaire si tu ne devenais pas sa femme.

– C'est incroyable! Il ne m'a jamais rencontrée avant aujourd'hui; et, si par hasard il m'a vue précédemment, je n'ai pas dû lui faire une impression favorable vu la manière dont il me toisait.

En y réfléchissant bien, le mépris de Durstan Hayle n'avait rien d'étonnant; il était peut-être suscité par le costume qu'elle portait. Lorinda se dit ensuite que si elle l'avait choqué cela n'en valait que mieux : ainsi il retirerait son offre!

Ou, du moins, il achèterait les fermes et le Prieuré pour une somme plus raisonnable, trente mille livres seraient déjà un bon prix.

Quant à épouser cet homme peu agréable dont elle n'avait aperçu que les mauvais côtés (à supposer qu'il en eût de bons!), c'était une idée si complètement farfelue qu'elle ne méritait pas une minute d'attention.

– Je lui porterai moi-même notre réponse, déclara-t-elle.

Le comte se leva de son fauteuil, agité.

– Hayle veut traiter l'affaire uniquement avec moi. Je crois qu'il n'a pas grande opinion des femmes.

– Il verra à qui il a affaire!

– Il insiste pour connaître notre décision dès ce soir, au plus tard demain matin. J'ai cru comprendre qu'il partait en voyage dans l'après-midi.

– Monsieur dicte sa loi! Le marché qu'il propose est inacceptable!

– Tais-toi donc, à la fin! Nous ne recevrons jamais un tel prix pour cette maison en ruine et des fermes où il faudrait engloutir une fortune!

Lorinda ne put rien répliquer.

– D'autre part, il m'offre le moyen de quitter cet endroit perdu. Je suis saturé du Prieuré! Je t'ai déjà dit que je me tuerais si je devais y rester plus longtemps; et ce ne sont pas des mots en l'air!

Le comte marcha jusqu'à la fenêtre.

– Je trouve la campagne sinistre sans un sou en poche, je ne la supporte pas si je ne peux y inviter personne, si je suis incapable de pratiquer un seul sport! J'aurai une existence fort plaisante en Irlande : il paraît que la bonne société y est très accueillante. Je trouverai des cercles de jeu...

– Et des compagnons de beuveries! C'est cela qu'il vous faut! Et vous attendez de moi que je me sacrifie?

– Tôt ou tard il faudra bien que tu te maries! Tu as refusé des partis exceptionnels. Pourquoi n'as-tu pas bondi sur un garçon cousu d'or, comme Edward Hinton, quand tu en avais la possibilité?

La jeune fille haussa les épaules sans répondre.

– Si j'avais été un père conscient de ses devoirs, je t'aurais depuis longtemps obligée à prendre un époux. Et, d'ailleurs, ce ne sont pas les jeunes filles qui font leur choix, mais leurs parents qui décident pour elles. Je t'ai dit maintes fois d'accepter Dawlish, un excellent jeune homme.

– Un jeune homme débile! Merci beaucoup!

– Tu aurais pu avoir aussi Christopher Conway, et tant d'autres! Mais voilà, mademoiselle voulait un chevalier en armure flamboyante, ou le shah de Perse, ou l'archange Gabriel! Tu n'es qu'une gamine, et ce qu'il te faut, c'est un mari à poigne, qui saura faire plier ton sale caractère!

– Vous pensez que M. Hayle est l'homme rêvé, n'est-ce pas?

En jetant ces mots, Lorinda ne put s'empêcher de frémir au souvenir des yeux durs et de la bouche dédaigneuse.

– N'ayez pas d'illusions, mon cher papa! Je n'obéirai pas comme un agneau docile pour que vous puissiez vous payer du bon temps chez les Irlandais!

Il y eut un long silence, après quoi le comte fronça les sourcils et déclara :

– Tu l'épouseras, ma fille. J'en ai décidé ainsi. J'accepte les conditions de Durstan Hayle et le mariage aura lieu à la date qu'il fixera.

– Papa... Non! Ecoutez-moi!

Mais le comte lui tourna le dos et sortit de la pièce en claquant la porte derrière lui.

Lorinda glissa sur un canapé où elle resta prostrée, le visage dans ses mains.

« Jamais! Non, jamais! Je ne me laisserai pas faire! »

Oubliant l'heure du déjeuner, elle resta immobile à ruminer sa colère, l'esprit en ébullition, le cœur au bord des lèvres. Ses pensées tournaient en rond; elle ne savait quel parti prendre.

Vers quatre heures, elle entendit du bruit au-dehors.

Par la fenêtre, elle aperçut le valet d'écurie de son père, tirant par la bride un cheval sellé.

Immédiatement, elle courut jusqu'à la chambre du comte! Comme elle s'y attendait, celui-ci était assis devant une table et pliait en quatre une feuille de papier.

– Je viens d'écrire ma réponse, Lorinda, et tout ce que tu me diras ne m'y fera pas changer un mot! lança Camborne d'une voix pâteuse.

Son teint était violacé : il avait visiblement eu recours à la boisson pour affermir sa volonté.

Discuter avec lui ne servirait à rien : même si la jeune fille avait le dessus dans leur querelle, son père n'en aurait ensuite aucun souvenir, à cause de sa tête embrumée par l'alcool.

– Donnez-moi votre message, proposa-t-elle. J'irai le porter moi-même.

– Cela ne t'avancera à rien de le mettre en pièces : j'en rédigerai un autre, exactement pareil.

– Ce n'est pas mon intention. Je veux au contraire le remettre moi-même à M. Hayle. De votre part.

Sans enthousiasme, son père lui confia l'enveloppe qu'il avait scellée à la cire et marquée de son sceau.

– Gare à toi, Lorinda! Si tu m'empêches d'avoir cet argent et de partir d'ici, je suis capable de t'étrangler! J'ai d'ailleurs eu envie de le faire maintes fois, ne serait-ce qu'au moment de ta naissance!

– Vous attendiez un fils... Quelle amère déception! Mais il est trop tard pour pleurer là-dessus; par contre, il n'est pas trop tard pour dire à M. Hayle ce que je pense de lui!

Lorinda n'attendit pas de réplique; elle courut à sa chambre où elle échangea ses vêtements contre une seyante robe de mousseline imprimée, du même vert que ses yeux.

Elle envoya le valet aux écuries seller un cheval qu'elle monterait en amazone, et elle ajouta qu'elle ne désirait point être accompagnée.

Sans autres frais de toilette, ne portant ni gants ni chapeau, elle partit au petit trot à travers prés, ce chemin étant plus court que l'avenue et la route.

La chaleur du jour était tombée; le soleil déclinait majestueusement derrière les arbres, jetant des ombres violettes sur l'herbe haute. Si Lorinda n'avait pas été absorbée par de si graves préoccupations, elle aurait pu jouir de la beauté du paysage, mais elle se sentait le cœur trop lourd pour éprouver le moindre sentiment esthétique.

Elle avait l'impression d'être emportée sur la crête d'une énorme vague. Et quelle ironie du sort! Pendant deux ans, depuis la cérémonie de sa présentation à la cour, les prétendants s'étaient agglutinés autour d'elle pour n'essuyer que des refus de sa part. Maintenant, elle était tombée dans un piège abominable : son père et M. Hayle s'unissaient en vue de la contraindre à un mariage qui la dégoûtait.

« A-t-on jamais vu situation plus ridicule? » se disait-elle en essayant de rire de ses malheurs.

Elle gardait au fond du cœur l'espoir que son père avait mal compris, qu'il s'agissait d'une plaisanterie ou d'un malentendu; tout allait s'éclaircir dans les prochaines heures.

Cependant, M. Hayle n'avait pas l'air d'un plaisantin. Le souvenir de son visage fermé fit tressaillir Lorinda.

« Comme il me déplaît! Je préférerais épouser n'importe qui plutôt que cet homme! »

Bien avant d'avoir atteint les grilles du domaine, Lorinda put voir le château se dresser par-dessus la campagne verdoyante; il était bâti sur une légère éminence qui devait le protéger autrefois contre ses ennemis. Le haut donjon de pierres grises, datant du Moyen Age, était encore debout, mais les tours et les fortifications qui l'entouraient jadis avaient cédé la place à des corps de logis plus récents.

Cette demeure avait toujours appartenu à la très ancienne famille des Penryn. Toutefois, depuis l'année de la naissance de Lorinda environ, elle avait été laissée à l'abandon. Les vastes pièces désolées, vidées de leurs meubles, avaient vu leurs plafonds s'écailler puis tomber sous l'effet de l'humidité. Autrefois, les escaliers à vis, les profondes cheminées, les couloirs tortueux formaient un cadre idéal pour les longues parties de cache-cache avec les enfants des fermiers. Lorinda se rappelait des après-midi captivants au cours desquels ils se poursuivaient de chambre en chambre et montaient même jusque sur les toits. Leurs voix aiguës résonnaient dans les salles pleines d'échos où, sûrement, la nuit se glissaient des fantômes!

A présent, la jeune fille pouvait voir que des vitres étincelantes garnissaient les fenêtres et que le parc avait retrouvé son éclat. Les pelouses étaient tondues; une équipe de jardiniers, malgré l'heure tardive, était encore au travail dans les corbeilles de fleurs.

« Avec de l'argent on peut tout obtenir! » reconnut Lorinda qu'un sentiment de jalousie mordait au cœur, quand elle comparait la noble ordonnance des allées – que pas une mauvaise herbe ne déparait – avec l'état négligé de son cher Prieuré...

Lorsqu'elle s'arrêta devant la grande porte cloutée de cuivre, un valet se précipita pour tenir son cheval pendant qu'elle mettait pied à terre.

Lorinda monta les marches du perron; elle fut accueillie par un maître d'hôtel escorté de plusieurs laquais portant livrée.

– Je désire rencontrer M. Hayle! dit la jeune fille d'une voix claire et impérieuse.

– Certainement, madame. Qui dois-je annoncer?

– Lady Lorinda Camborne.

Le majordome s'inclina, impassible, mais, en apprenant l'identité de la visiteuse, il avait réprimé un très léger sursaut. Il devait être du pays et reconnaître un vieux nom local.

Lorinda le suivit à travers le hall immense qui avait été restauré avec infiniment de goût. Elle jeta quelques coups d'œil discrets aux tapisseries et aux cathèdres sculptées ainsi qu'à la voûte qui, jadis, était noire et fendillée mais qui, aujourd'hui, révélait la richesse de ses reliefs gothiques.

Le maître d'hôtel ouvrit cérémonieusement la porte d'une pièce autrefois terriblement lugubre, une bibliothèque aux rayons vides et poussiéreux. Pendant une fraction de seconde, la jeune fille fut si surprise qu'elle resta figée sur place.

Des livres magnifiquement reliés garnissaient les étagères, et un peintre était venu décorer le plafond d'une scène allégorique aux tons frais et délicatement nuancés.

La cheminée de pierre avait perdu son aspect sévère; un immense bouquet en occupait le centre, tandis que le manteau et les piliers rayonnaient de leur blancheur d'origine.

– Lady Lorinda Camborne! annonça le majordome.

Durstan Hayle quitta le fauteuil dans lequel il lisait son journal. Lorinda avança vers lui; elle retrouvait sur son visage la même expression dédaigneuse qu'elle lui avait vue au Prieuré; cela lui fit regretter de n'avoir pas mis un chapeau ou une écharpe de dentelle sur ses cheveux flamboyants.

Elle exécuta une courte révérence. Il la salua.

– Je ne m'attendais pas à votre visite. C'est une surprise, Lady Lorinda. Mais je comprends que vous ayez eu envie de me parler.

– En tant que principale intéressée...

– Veuillez vous asseoir.

Il indiqua un siège d'un geste bref et Lorinda prit gracieusement place à l'extrême bord, comme pour marquer son intention de ne rester que peu de temps.

– Que puis-je pour vous? demanda M. Hayle en s'asseyant à son tour. A moins que ce ne soit une question superflue?

– Je voudrais savoir si vous étiez sérieux en faisant à mon père cette offre ridicule...

– Je ne trouve pas quatre-vingt mille livres une somme ridicule.

– Il ne s'agit pas de l'argent! Je n'admets pas la condition que vous avez mise à cette vente.

– Elle ne vous convient pas? dit-il avec un sourire qui exaspéra Lorinda. Je me demandais ce que vous en penseriez.

– Vous saviez qu'elle m'indisposerait. Pourquoi l'avoir maintenue? Pour m'entendre refuser?

– Venez-vous en ambassadrice de votre père, ou pour votre compte personnel? Je souhaite traiter avec le seul comte de Camborne. Si ma seconde supposition est juste, nous n'avons plus rien à nous dire.

Et sur ces mots, jetés d'une voix glacée, Durstan Hayle se leva.

Lorinda restait immobile, les yeux fixés sur lui : jamais de sa vie elle n'avait rencontré, ou avait imaginé qu'existât un homme aussi discourtois!

– J'ai apporté avec moi la réponse de mon père, dit-elle après un silence pénible. Avant de vous la remettre, je voudrais discuter avec vous un certain nombre de détails.

– Je me suis clairement exprimé : mes conditions ne varieront pas!

– Mais pourquoi tenez-vous à m'épouser?

– Je trouverais dommage qu'il n'y ait pas une Camborne à la tête de ce domaine qui est resté dans votre famille pendant des siècles.

– Est-ce donc là votre seule raison?

– Je n'en vois guère d'autres. J'ai étudié l'histoire de la Cornouailles, et j'y attache la plus grande importance.

Pour la première fois de son existence, Lorinda se trouvait à court de mots; elle avait reçu de nombreuses demandes en mariage et y avait parfois répondu avec esprit, mais jamais on ne lui avait mis le marché en main de cette manière grossière et impersonnelle.

– Monsieur, je suis venue vous proposer la maison et les fermes pour une somme très inférieure, à condition que je n'aie rien à voir dans ce marché.

– Je ne désire pas marchander avec vous. Comme je l'ai dit à votre père, je m'adresse toujours aux hommes quand il s'agit d'affaires.

– Et si l'affaire me concerne, j'exige d'être consultée.

– Bien, Lady Lorinda : je suppose que vous comprenez le langage commercial; mon offre demeure valable jusqu'à demain midi. Passé ce délai, elle sera caduque.

– Je vous demande un compromis...

– Que je refuse! Notre entretien est donc terminé. Permettez-moi de vous escorter jusqu'à votre équipage.

Il était toujours debout et attendait visiblement que Lorinda quitte son siège. Elle ne fit pas un mouvement.

Des idées folles se téléscopaient dans son cerveau. Elle avait l'impression de se trouver au fond d'une impasse, entourée de hauts murs qu'elle ne pouvait escalader; mais elle ne s'avouait pas vaincue!

Elle examinait rapidement les solutions qui lui venaient à l'esprit pour pousser M. Hayle à changer d'avis. Ce n'étaient que des divagations, sans aucun lien avec la réalité!

Durstan Hayle était toujours près d'elle, la toisant avec sa moue cynique et déplaisante. Aurait-il vraiment l'audace de la mépriser? Ou attendait-il des prières, des larmes peut-être? La jeune fille était bien résolue à ne pas s'humilier de la sorte!

Elle décida au contraire de le défier.

– Avez-vous pesé toutes les conséquences de votre curieux marché, monsieur?

– Je suis négociant de profession. Avant de faire un achat, j'en pèse avec grand soin les avantages et les inconvénients.

Le mot d'achat sonna si désagréablement aux

oreilles de Lorinda qu'elle cilla. Elle regarda à nouveau son interlocuteur.

– Parmi les inconvénients, avez-vous pensé à celui d'avoir une épouse qui vous haïra?

– Vous êtes franche!

– Et je le serai plus encore : je considère votre demande en mariage comme une insulte, et cela me remplit de la plus grande appréhension en ce qui concerne l'avenir.

– Notre avenir commun?

– Vous ne me connaissez pas et, par conséquent, vous ignorez mon mépris pour les hommes en général. On m'a fait de nombreuses propositions au cours de ces deux dernières années; j'aurais pu accepter des prétendants riches et titrés; or je n'ai même pas eu envie d'écouter leurs déclarations...

– Et c'est une excellente chose! Si vous pleuriez sur quelque jeune galant qui a pris votre cœur, cela rendrait notre situation infiniment plus désagréable.

– Je n'envisage rien de plus désagréable que de lier mon sort à celui d'un inconnu qui ne s'intéresse pas une seconde à ce que je peux éprouver!

– Je peux vous retourner le compliment, rétorqua M. Hayle. Avez-vous manifesté que vous cherchiez à me comprendre?

Lorinda émit un soupir exaspéré avant de bondir sur ses pieds pour lui faire face.

– Et pourquoi devrais-je vous comprendre! Toute cette histoire n'a aucun sens! M'épouser parce que je suis une Camborne...

Elle s'arrêta brusquement, pour reprendre :

– Serait-ce donc là votre véritable raison? Maintenant que vous êtes riche, il vous faut une femme bien née? Laissez-moi vous dire qu'il existe de nombreuses jeunes filles du meilleur monde prêtes à vous accueillir – vous et votre fortune – avec empressement! Mais pas moi, vous avez compris, pas moi! Cherchez ailleurs, monsieur Hayle!

– Ces personnes si obligeantes ne possèdent malheureusement pas des terres jouxtant les miennes, qui me donneraient le vaste domaine que je veux acquérir.

Il passait dans ces mots une telle arrogance que Lorinda eut envie de gifler son vis-à-vis. Comment pouvait-on être si imbu de soi-même, si prétentieux, quand on n'avait aucune raison pour s'enorgueillir?

– Achetez nos fermes! cria-t-elle. Et épousez un meilleur parti que moi, qui ne suis que la fille d'un comte ruiné! Je suis sûre qu'un marquis, ou même un duc, serait trop heureux...

– C'est vous que j'ai choisie, coupa Durstan Hayle, imperturbable.

« On dirait un sultan favorisant une concubine », pensa la jeune femme exaspérée. Elle se tenait bien droite devant son adversaire; ses yeux verts lançaient des flammes tandis que sa respiration saccadée soulevait son fichu orné de dentelle.

– Est-ce oui ou non? reprit M. Hayle.

Qu'il aurait été agréable à Lorinda de lancer un « non » retentissant, de déchirer en mille morceaux le message de son père, et de quitter ce malotru en lui souhaitant d'aller au diable!

Elle se rappela soudain qu'il lui restait très peu d'argent, et pensa aussi à ce que son père lui avait dit : il ne supportait plus la solitude du Prieuré... Il était capable de se suicider.

Lentement, elle sortit de sa poche le mot signé par le comte. Elle exécrait l'homme debout près d'elle de toute son âme. Elle lui tendit l'enveloppe en pensant signer son arrêt de mort ou, du moins, une condamnation à la prison à perpétuité.

– Voici la réponse de mon père, dit-elle avec hauteur. Il accepte votre offre, mais ne vous bercez pas d'illusions! Je n'éprouve pour vous que de la répulsion!

Durstan Hayle prit le message avec une courbette ironique.

– Je vous félicite de votre décision, Lady Lorinda! Elle est fort sage. Il faut dire que vous n'aviez guère le choix.

Lorinda ne daigna pas répondre mais marcha d'un pas digne jusqu'à la porte où elle attendit qu'il vienne lui ouvrir le battant.

Puis elle sortit, toujours en silence. Une foule de laquais se pressait dans le hall mais, sans prononcer le moindre mot d'adieu, la jeune fille descendit le perron au bas duquel son cheval attendait.

Son seul réconfort consistait en la certitude d'exaspérer M. Hayle par ses manières peu cérémonieuses.

Un valet de pied l'aida à se mettre en selle. Plantant ses éperons dans les flancs de sa monture, elle la fit bondir en avant dans un grand jet de graviers.

Elle ne tourna pas la tête, mais elle aurait pu jurer que Durstan Hayle était planté à la regarder partir avec cette même expression insupportablement dédaigneuse!

4

Lorinda était accoudée à la fenêtre de sa chambre et regardait le parc.

C'était un jour ensoleillé de juillet; dans le jardin, les fleurs sauvages étaient massées en taches de couleur sous le vert foncé des ifs ou le feuillage plus clair des autres arbustes d'ornement.

La jeune fille s'était réveillée avec la sensation d'une menace qui allait s'abattre sur elle. Elle s'était souvenue dans un éclair d'horreur que ce jour-là était celui de son mariage.

Elle n'avait pu s'endormir que fort tard dans la nuit; elle avait rêvé qu'un miracle surviendrait à la dernière minute pour la sauver...

Mais, à présent, il ne restait plus qu'une heure avant que son père ne la prenne par le bras pour la conduire jusqu'à l'autel de l'ancienne église, modeste édifice de granit dans lequel elle avait été baptisée avant de pouvoir épouser Durstan Hayle, cet homme qu'elle haïssait.

Lorinda ne l'avait pas revu depuis sa propre visite au château des Penryn, lorsqu'elle avait tenté de le braver, de le combattre pour finalement se retrouver vaincue.

Il était parti, quelques heures plus tard, pour une destination inconnue. Les préparatifs des noces avaient été menés tambour battant par son premier secrétaire, un employé courtois et consciencieux qui venait quotidiennement au Prieuré informer le comte de la marche des événements.

Tout était planifié à la minute près. La cérémonie religieuse serait présidée par le Doyen de Falmouth. Puis les mariés se rendraient au château où ils accueilleraient leurs invités pour un repas de fête.

Lorinda, quant à elle, n'avait convié personne; elle se demandait quels pouvaient être les hôtes de M. Hayle, mais elle ne s'était pas abaissée à poser la question au secrétaire. Il y aurait sans doute peu de monde, et des gens n'appartenant pas à son monde.

Quand le déjeuner serait fini, les époux se rendraient dans une vaste grange aménagée en salle de banquet pour les domestiques et les fermiers. On trinquerait à la santé du nouveau couple; il y aurait des discours; et, à la nuit tombée, un feu d'artifice.

Enfin, les réjouissances se poursuivraient par un bal sur la grande pelouse, à la lumière des lampions et autres feux de bengale...

Des feux de bengale!

Lorinda aurait voulu exprimer tout son mépris pour ce programme qu'elle jugeait ridicule et provincial, mais il lui fallait écouter son père qui s'extasiait sur chaque détail et répétait sans se lasser que son mariage à lui avait eu lieu exactement ainsi, suivant les anciennes traditions du pays.

L'émissaire de M. Hayle demandait poliment à Lorinda si elle n'avait pas de message pour son maître, chaque fois qu'il repartait du Prieuré; la jeune fille lui opposait toujours le même visage figé : elle secouait simplement la tête, alors qu'elle aurait aimé lui clamer le ressentiment qu'elle accumulait jour après jour contre celui qui l'avait piégée.

Elle avait laissé les préparatifs se faire, son père se réjouir et le secrétaire s'affairer. Voici qu'arrivait la date où son destin serait scellé...

Elle avait déjà revêtu la robe qu'elle porterait pour les noces. Tôt dans la matinée, la femme du gardien, la vieille Mme Dogman, avait monté dans sa chambre une énorme boîte qu'on venait d'apporter du château.

Avant d'en avoir soulevé le couvercle, Lorinda savait ce qu'elle contenait, et elle ne s'était pas trompée.

Durstan Hayle osait lui envoyer sa robe de mariée!

C'était en fait une somptueuse toilette, choisie avec beaucoup de goût, et qui lui irait à merveille; elle était de satin blanc à reflets moirés, avec une taille fine et une jupe bouffante qui se terminait en demi-traîne. Elle mettrait en valeur la clarté de son teint et la couleur de ses cheveux. Il y avait aussi un voile de dentelle : une merveille de finesse et de légèreté.

Or, la jeune fille n'avait nullement l'intention de permettre à M. Hayle de choisir et de lui imposer ce qu'elle porterait le jour de son mariage. Elle avait ses propres toilettes, et elle était encore libre d'agir à sa guise, jusqu'au moment où il lui passerait l'alliance au doigt.

Si elle n'avait plus les moyens de s'offrir quelque chose de neuf, sa garde-robe était encore bien fournie. A Londres, Lorinda était célébrée pour son élégance, et son plus grand plaisir était de faire confectionner à ses mesures des toilettes originales qui suscitaient l'admiration et l'envie.

Elle avait donc sorti des penderies toutes ses robes, pour les examiner d'un œil critique. Elle avait commencé par les blanches et les avait toutes rejetées; son choix s'était finalement fixé sur un ensemble vert.

Ce genre d'initiative hardie aurait enchanté ses anciennes connaissances de la capitale, mais risquait fort de surprendre et d'indisposer non seulement les braves paysans de Cornouailles, mais surtout M. Hayle!

La robe, très décolletée, qui était en fait une tenue de gala, s'accompagnait d'une extravagante écharpe rebrodée de sequins, et d'un immense chapeau surmonté de plumes d'autruche.

La jeune femme ainsi vêtue ne manquerait pas de faire sensation. La parure était des plus théâtrales. Se contemplant avec plaisir dans la grande psyché qui avait appartenu à sa mère, elle se disait que son fiancé en grincerait des dents.

« Il verra que je ne suis pas son esclave! Puisqu'il m'a contrainte à l'épouser, je lui rendrai la vie intenable! Il regrettera ce qu'il est en train de me faire! »

Elle redressa la tête d'un air vengeur. Ses yeux verts brillaient d'excitation; elle se mit à marcher de long en large, s'étudiant dans le miroir et donnant à son chapeau un angle plein d'allure et d'audace.

Elle entendit soudain son père l'appeler; elle fut étonnée car il n'était pas encore l'heure de partir pour l'église. Peut-être désirait-il lui demander conseil pour son nœud de cravate ou un dernier ajustement?

Depuis une dizaine de jours, Lorinda n'avait pas connu un moment de tranquillité. La joie du comte à l'idée de gagner un pays inconnu, dont il se promettait toujours monts et merveilles, l'empêchait de tenir en place. On aurait cru un garçonnet à la veille de Noël. Il en oubliait de boire et fouillait la maison à la recherche d'objets parfaitement inutiles mais dont il était sûr de ne pouvoir se passer en Irlande. Il voulait se composer un intérieur agréable.

– Mon cher papa, M. Hayle peut s'opposer à ce que vous emportiez tant d'objets! Souvenez-vous qu'il achète le Prieuré meublé, avec tout ce qu'il contient...

– Il n'aura rien à faire des portraits de famille! Ni de ces miniatures de ta mère ni de l'argenterie marquée à mes armes! Je veux avoir autour de moi un décor qui me rappelle ma jeunesse!

Lorinda songeait à part elle qu'il désirait surtout faire bonne impression. Le comte s'était souvenu d'un certain nombre d'amis et de parents éloignés habitant en Irlande. Il avait demandé à sa fille d'écrire pour lui des lettres à ces relations qui lui seraient maintenant utiles : il leur annonçait son arrivée prochaine et son désir de s'installer parmi eux pour quelques années.

Mais, s'il amassait quantité de bagages, il ne levait pas le petit doigt pour emballer ses affaires. C'étaient Lorinda, M. Dogman et les deux valets d'écurie qui devaient se dépêtrer parmi des piles de caisses et des ballots de paille afin que tout soit empaqueté à son goût.

– Pourquoi ne pas déménager carrément la maison? avait demandé un soir la jeune fille exténuée.

– Ce n'est pas l'envie qui m'en manque! Ah, si

j'avais eu la fortune de Hayle à ma disposition! J'aurais fait du Prieuré une pure merveille!

– Oui, mais vous seriez toujours dans le même trou perdu, comme vous qualifiez cet endroit, papa!

– Très juste. On m'assure que Dublin est une ville très gaie et très vivante, dont les salons de jeu rivalisent avec ceux de Londres.

Lorinda avait étouffé un soupir.

Il était inutile de sermonner son père. Jusqu'à présent il avait réussi à payer ses dettes – à quel prix! Un jour viendrait peut-être où il serait acculé à la misère véritable...

– Ho! Lorinda!

La voix du comte résonnait dans l'escalier. La jeune femme ouvrit la porte de sa chambre.

– Que se passe-t-il?

– Je t'appelle. Descends!

Lorinda obéit, les yeux fixés sur l'amas de bagages qui emplissait le hall. Que d'heures de travail cela représentait!

Se frayant un chemin entre les murailles de caisses, elle parvint jusqu'au seuil du salon et perçut le bruit d'une conversation.

Durstan Hayle se tenait au milieu de la pièce.

Lorinda fut obligée d'admettre qu'il avait fière allure et n'aurait pas semblé déplacé dans les réceptions les plus élégantes du grand monde. Ses larges épaules et sa taille bien tournée étaient à leur avantage dans un habit « à la française » : veste et culotte de soie qui venaient certainement d'un maître tailleur.

Toutefois, ce bel aspect fut gâché, pour Lorinda, par l'expression de son visage, plus sévère qu'elle ne l'avait jamais été.

– Nous devons signer maintenant le contrat de mariage, expliquait le comte de Camborne. Ton futur époux a eu l'obligeance de l'apporter ici, ainsi nous ne perdrons pas de temps à la sacristie après la cérémonie.

Lorinda s'avança gracieusement vers la table où se trouvaient les documents.

– N'avez-vous pas reçu ce matin une robe de mariée? demanda M. Hayle.

– Elle est bien arrivée, en effet.

– Pourquoi ne la portez-vous pas?

– Je préfère porter des toilettes qui m'appartiennent.

– Avez-vous l'intention de vous marier ainsi vêtue?

– J'espère que cela vous plaît, dit la jeune fille en sachant bien qu'il n'en était rien.

– Malheureusement, je suis superstitieux.

– Et, comme un enfant, vous croyez que le vert porte malheur?

– Pour des noces, oui. Et pour les miennes, encore plus. Veuillez accéder à ma requête et changer de toilette.

– Oh, je n'en ai nullement l'intention! Vous me prendrez telle que je suis!

– Non. Je ne considère pas cet ensemble comme une tenue appropriée. Elle choquerait mes voisins et amis assemblés à l'église.

– Ainsi, ils auront de quoi parler!

– Je n'ai pas envie d'entendre clabauder sur mon épouse.

Lorinda lui jeta un coup d'œil de pure malice.

– Mais on a toujours bavardé sur mon compte! Vous le savez. Et vous avez tout de même tenu à demander ma main.

– Si pareilles choses se sont produites autrefois, elles ne se produiront plus. J'y mettrai bon ordre.

– Cela m'étonnerait...

La jeune fille se pencha pour saisir la plume d'oie et la plongea dans l'encrier.

– Où dois-je apposer ma signature?

Durstan Hayle posa la main sur les papiers.

– Vous allez vous changer d'abord.

A voir ses sourcils froncés, son regard furieux et ses lèvres pincées, Lorinda comprit qu'il ne plaisantait pas. Elle essaya de résister.

– J'aime le vert. C'est ma couleur favorite.

– La femme que j'épouserai sera vêtue de blanc!

Ils se faisaient face de chaque côté de la table. D'un geste rapide, Hayle ramassa les documents et les glissa dans une serviette.

– Je suis désolé, Milord! Après tout, nous suivrons les usages et signerons ce contrat dans la sacristie.

Il se dirigea vers la porte.

– Je n'épouserai qu'une jeune fille qui aura l'air d'une mariée! lança-t-il. Et je n'attendrai à l'église pas plus de cinq minutes après l'heure fixée.

Avant que Lorinda et son père aient pu esquisser un geste, il avait disparu.

– Mon Dieu, tu es folle! hurla le comte. Pourquoi t'es-tu arrangée de cette façon? A quoi penses-tu? Ne comprends-tu pas que cet homme ne se laissera jamais mener par le bout du nez?

La jeune fille restait silencieuse.

– Veux-tu monter dans ta chambre à l'instant! Et dépêche-toi! Si nous avons du retard, il ne sera plus à l'église! Ah, Seigneur, pourquoi m'avoir donné une enfant comme celle-là!

Il parlait avec l'accent du désespoir. Mais on devinait sans peine qu'il mourait de peur à l'idée de ne pouvoir partir en Irlande.

Puisque la situation n'avait d'autre issue que celle imposée par M. Hayle, Lorinda obéit à son père, consciente que chaque marche de l'escalier la rapprochait de sa reddition finale. Comment avait-elle pu se laisser enfermer dans un piège pareil? Pourquoi n'avait-elle pas dit oui à l'un de ces aimables jeunes gens qui la courtisaient alors qu'elle menait encore une existence qui lui semblait désormais si lointaine? Peut-être même aurait-il mieux valu devenir la maîtresse d'Ulric que d'être la femme de M. Hayle!

Lorinda ôta son extravagante toilette et appela Mme Dogman pour fermer son corsage de satin blanc et disposer de manière seyante le voile de dentelle.

Enfin, elle saisit le bouquet de fleurs d'oranger, beaucoup trop conventionnel à son goût, et sortit de la chambre sans un regard vers sa psyché.

Elle descendit pour se trouver face à face avec le comte qui l'attendait, montre en main. Elle comprit alors que sa haine envers Durstan Hayle serait toujours sans égale.

Elle lui ferait payer très cher ses manières désinvoltes et son despotisme!

« Il veut une Camborne comme épouse... Voilà ce que je suis pour lui : rien d'autre qu'un vieux nom de l'histoire de la Cornouailles! Ce qu'il n'a pas reçu de naissance, il veut l'acquérir par l'argent! C'est ignoble! »

Et, tandis qu'elle roulait en direction de l'église, assise à côté de son père dans une voiture découverte envoyée par M. Hayle, elle constata qu'elle ne savait rien de lui, sinon qu'il était riche.

« Il faut être intelligent pour avoir amassé une telle fortune, mais surtout tyrannique! » pensait-elle en se remémorant la façon dont il s'était rendu acquéreur du domaine en même temps que de sa personne.

« Peut-être a-t-il utilisé des procédés malhonnêtes? Il sort du peuple; il n'a ni éducation ni principes. Comment saurait-il distinguer le bien du mal?... »

Cependant, une voix insinuait au plus profond de son cœur :

– Et toi, Lady Lorinda? Passes-tu pour un modèle de vertu?

D'un autre côté, elle ne pouvait traiter son futur

mari d'homme commun et vulgaire. Il était mis avec distinction et s'exprimait comme un gentleman.

Il savait se faire obéir et organiser une cérémonie somptueusement : l'allée donnant accès à l'église avait été décorée d'orangers en caisse, dont les fleurs embaumaient l'air et dont les troncs étaient reliés par de longs rubans de soie blanche. Lorinda s'avança le long de cette voix triomphale au bras de son père, follement acclamée par une foule enthousiaste de curieux.

De part et d'autre du porche, s'élevaient d'immenses gerbes composées de lis et de gardénias; dans la nef, chaque colonne était ornée d'une décoration de feuillage et de roses blanches. Quant à l'autel, il croulait sous une profusion de cierges et de bouquets.

Lorinda marchait en baissant les yeux, sans chercher un visage connu dans l'assistance, car elle était certaine de ne pouvoir mettre un nom sur chacun d'eux.

Quand elle leva enfin les yeux, elle découvrit à l'entrée du chœur Durstan Hayle qui l'attendait.

Le plaisir que lui avait donné la vue de cette multitude de fleurs disparut en un instant pour laisser place à une nouvelle flambée de haine contre cet homme; elle resta de glace pendant toute la cérémonie, jouant son rôle avec détachement, gracieuse et digne à la fois. Il fallut passer un certain temps à la sacristie pour signer de nombreux papiers. Le comte empocha une enveloppe pleine à craquer, qui devait contenir le prix du Prieuré.

« M. Hayle s'est méfié jusqu'au dernier moment! constatait Lorinda en serrant les dents. Il croit qu'il a gagné! »

Mais il n'avait pas l'air triomphant. Il conservait son maintien réservé, un peu raide même, en descendant la nef de l'église aux côtés de sa jeune épouse. C'est ainsi qu'ils sortirent sous le porche au milieu des vivats.

Pour gagner le château, une voiture avait été prévue pour les mariés : c'était un landau d'un modèle tout récent, tiré par quatre chevaux blancs, décoré de guirlandes fleuries.

« Il ne pense qu'à en mettre plein la vue aux paysans! se dit Lorinda en s'asseyant. Ce mariage est une vraie parade foraine! »

Elle n'accorda pas un regard à l'homme qui prenait place près d'elle dans la voiture, mais se pencha pour faire des sourires et des gestes de la main aux enfants qui la contemplaient, les yeux écarquillés, oubliant de crier tant ils la trouvaient belle.

Des spectateurs s'étaient massés tout le long du chemin. La jeune femme agita son bouquet, lança des baisers du bout des doigts et finit par se laisser gagner, presque malgré elle, par l'ambiance joyeuse et bon enfant.

Le parc du château avait été soigneusement ratissé. Le personnel attendait, rangé en haut du perron. Le majordome récita un petit discours de bienvenue et de félicitations, puis Lorinda serra la main de chacun des domestiques. On la conduisit en grande pompe jusqu'à la salle des banquets où une table en fer à cheval avait été dressée pour plus de cinquante couverts.

Les présentations eurent lieu avant le début du repas et Lorinda s'aperçut avec stupéfaction que toutes les familles les plus importantes du comté se trouvaient représentées.

Le comte de Camborne fut chaudement congratulé. Il retrouva d'anciens amis avec plaisir et Lorinda regretta qu'il n'eût pas essayé de les revoir dès son retour en Cornouailles.

Il était trop tard maintenant; il avait refusé de renouer des contacts par orgueil alors que sa place aurait été au pays natal plutôt qu'en lointaine Irlande.

Plusieurs invités évoquèrent pour la jeune femme sa mère, qu'ils avaient bien connue; ils gardèrent toutefois une certaine réserve : ils avaient sans doute entendu parler des « exploits » londoniens de Lorinda... et de manière bien peu louangeuse!

La nourriture était succulente, les vins choisis. Chacun semblait ravi de la réception, parlait, riait et se restaurait avec appétit, à l'exception de l'hôtesse.

Elle n'avait pas faim et s'efforçait de répondre avec grâce aux aimables compliments de ses voisins. Ses regards s'attardaient sur l'alliance qui ornait son annulaire gauche : Durstan Hayle la lui avait passée avec une énergie pleine de détermination et, en fin de compte, assez effrayante.

Il avait prononcé les vœux du mariage sur un ton ferme et autoritaire, où l'on sentait un défi à peine voilé. En comparaison, la voix de Lorinda paraissait douce, presque soumise alors que son cœur bouillonnait de colère et de ressentiment.

L'assistance avait dû apprécier tant de réserve féminine mais à présent, au château, la jeune femme voulait se montrer parfaitement à l'aise; on ne dirait pas d'elle qu'elle était une timide créature, impressionnée par le faste de son riche mari!

Elle n'avait aucune envie de parler à celui-ci et elle l'ignora totalement pour accorder toute son attention au lieutenant général du comté, assis à sa gauche; c'était un homme âgé qui évoqua surtout des problèmes locaux et, surtout, la plaie que constituait la contrebande généralisée en Cornouailles.

Lorinda lui répondit sur le ton qui convenait et parvint à maintenir la conversation jusqu'à la fin du repas. On porta alors des toasts à la santé du roi, des mariés et du comte de Camborne...

Durstan Hayle y alla de son mot et Lorinda fut

surprise de lui trouver de l'esprit : son discours était concis, brillant et assuré.

« Je me demande pourquoi il réclame une épouse titrée? songeait Lorinda, un peu piquée. Il est déjà si fier de lui-même! »

Au bout d'un temps qui lui parut interminable, les invités commencèrent à prendre congé.

Lorsque le dernier se fut retiré, Lorinda crut qu'elle pouvait monter dans ses appartements pour y goûter un peu de repos avant la fête paysanne. Elle avait raccompagné des visiteurs importants et prit le chemin de l'escalier.

– Où allez-vous? jeta M. Hayle. Surtout, n'allez pas vous changer!

Elle se tourna vers lui en haussant les sourcils.

– Mes fermiers vous attendent en robe de mariée! Ils seraient déçus s'il en était autrement.

– Je n'ai pas le choix!

C'était leur premier échange depuis la cérémonie religieuse.

– Non, vous n'avez pas le choix...

Il lui tourna le dos et se dirigea vers le salon où se tenait le comte de Camborne, laissant Lorinda retrouver seule son chemin.

Elle tremblait de rage en gravissant les degrés de pierre où elle s'était tant amusée, autrefois, quand elle était petite fille.

Sur le palier elle fut accueillie par une gouvernante accorte et rondelette qui lui fit la révérence et la conduisit, par des corridors somptueusement décorés, jusqu'à la chambre de la reine.

Cette appellation était purement conventionnelle car aucune reine n'avait jamais logé au château mais, en revanche, Charles Ier s'y était caché quelque temps, lorsqu'il fuyait les troupes de Cromwell. Au fil des ans, les domestiques avaient pris l'habitude assez compréhensible de nommer " chambre du roi " et " de la reine " les plus belles pièces du bâtiment, celles qui étaient réservées à leurs maîtres.

C'est ainsi que Lorinda fut conduite jusqu'aux appartements traditionnellement réservés aux successives Lady Penryn. La jeune femme avait gardé le souvenir de tentures défraîchies et poussiéreuses, de planchers nus, de fenêtres aux carreaux manquants.

Elle s'arrêta sur le seuil, le souffle coupé.

Les plafonds avaient retrouvé leur blancheur rehaussée d'or; les murs étaient tendus de damas bleu, comme le mobilier; un tapis moelleux occupait le centre du parquet ciré.

Dans la chambre à coucher, un grand lit à baldaquin, aux piliers blanc et or comme le plafond, était garni d'une tapisserie au petit point, dont le camaïeu de bleus rappelait le ton des rideaux.

Sur tous les meubles étaient posés des vases débordant de lis, d'œillets et de roses.

– J'espère que Milady est satisfaite, murmura la gouvernante.

– Comme c'est beau! Je me souviens de l'état déplorable de ces lieux, au temps de mon enfance... Je n'arrive pas à comprendre comment une telle transformation a pu s'opérer!

– Le château est redevenu comme autrefois, et mieux encore! Je suis née au village, Milady, et j'ai connu l'époque du vieux Lord Penryn. En ce temps-là, tout était pareillement magnifique et bien tenu, mais je crois qu'à présent on ne trouverait pas d'équivalent dans toute la Cornouailles!

Elle poussa un soupir.

– Je suis fort aise que les travaux soient finis! reprit-elle. Nous avons eu des ouvriers en foule et les choses ne traînaient pas, car le maître voulait que tout soit terminé à temps. Quand il a une idée en tête, il y tient!

« Oui, pensait amèrement Lorinda. Il obtient tout ce qu'il désire, et par n'importe quel procédé! »

Elle enleva son voile pour se rafraîchir le visage et les mains. Une servante vint l'aider à se recoiffer.

Lorinda n'avait plus envie de se battre; elle garderait sa robe blanche de mariée pour visiter les fermiers.

Elle était prête lorsqu'un coup fut frappé à la porte; le comte de Camborne entra.

– Je suis venu te dire adieu, ma chérie.

La servante se retira discrètement et Lorinda embrassa son père.

– Ton mari est plein d'attentions! s'écria celui-ci. Il me procure une berline, quatre chevaux et des postillons pour la première partie de mon voyage.

– Embarquerez-vous à Bristol?

– Oui. J'y prendrai un bateau pour l'Irlande.

– Je sais que vous rêvez de ce pays, mon cher papa. J'espère que vous ne serez pas déçu.

– Je crois au contraire que je m'y plairai beaucoup!

Le comte garda le silence pendant un moment, puis ajouta d'une voix émue :

– Tu me manqueras...

– Vous trouverez vite des quantités d'amis! répliqua la jeune femme en souriant.

Son père la prit par les épaules.

– Je ne te laisse pas seule. Hayle prendra soin de toi. Je suis sûr qu'il se révélera être un excellent garçon, même si, aujourd'hui, il se prend un peu pour Dieu le père!

Lorinda éclata de rire.

– Vous n'êtes pas loin de la vérité!

– Avec toi, il redeviendra un homme. Tous les jeunes gens que tu as rencontrés sont devenus tes esclaves fidèles : il n'échappera pas à la règle!

– Qui sait?...

Le regard de Lorinda s'était assombri; elle ne se voyait guère dominer l'intraitable Durstan Hayle. Il semblait immunisé contre son charme; il possédait une rigueur qu'elle n'avait vue chez aucun de ses soupirants.

Comme le comte la fixait avec anxiété, elle lui sourit de nouveau. Après tout, pourquoi s'inquiéter? Aucun des « lions » à la mode ne lui avait résisté; dès qu'un homme la connaissait davantage, il venait manger dans sa main.

Les hommes étaient peut-être attirés par l'indifférence de Lorinda, ou par son air lointain, détaché de tout... Enfin, quelle que fût la raison véritable, ils devenaient humbles et reconnaissants dès qu'elle accordait la moindre faveur; ils obéissaient aux moindres de ses souhaits.

– Ne vous inquiétez pas, mon cher papa. Je saurai m'arranger.

– Je l'espère de tout mon cœur. Si les choses tournent mal pour toi, viens me rejoindre en Irlande. Sitôt arrivé, je t'écrirai pour te dire comment je trouve Dublin, et te donner mon adresse. Que nous réserve l'avenir? Peut-être serons-nous bientôt réunis?

C'était bien là son père, l'encourageant soudain à rompre son contrat de mariage et à fuir un mari qu'il lui avait lui-même imposé!

Lorinda pensa qu'elle n'était pas une tricheuse pour sa part, mais elle n'exprima point ses pensées à haute voix.

– J'attendrai de vos nouvelles avec impatience, déclara-t-elle simplement.

Le comte la serra contre lui, puis s'écarta pour examiner la chambre.

– Au moins, fillette, nous n'aurons plus à nous inquiéter de ta subsistance!

– Ni de la vôtre, papa! Mais attention! Si vous perdez encore au jeu, il n'y aura plus de riche nabab venu des Indes pour vous repêcher!

Le comte sortit en souriant. Lorinda resta un moment à écouter le bruit de ses pas décroître dans le corridor. Elle éprouva une pénible impression de solitude...

C'était sûrement dû à ces pièces monumentales où on ne se sentait jamais vraiment chez soi!

« Allons, se dit-elle, regarde les choses en face, lâche que tu es!... Tu meurs de peur, ma pauvre fille, parce qu'il n'y a plus personne entre toi et Durstan Hayle! »

★

La fête paysanne était chaleureuse et bruyante. On avait mis en perce des tonneaux de bière et de cidre, plusieurs heures avant que n'arrivent Lorinda et son mari. Des vivats et des cris à percer les tympans les accueillirent.

Tout le monde se leva, même si certains n'étaient plus très solides sur leurs jambes. Le secrétaire mena les hôtes d'honneur jusqu'à deux fauteuils qui avaient l'air d'être des trônes, à une des extrémités de la vaste grange.

Il y eut quelques allocutions des fermiers les plus importants; M. Hayle leur répondit volontiers, sur un ton beaucoup plus libre qu'au château; il mit l'assistance en joie.

Ce fut du délire quand il termina en annonçant qu'il renonçait à six mois de fermage en l'honneur de ses noces.

Les applaudissements secouèrent les murs du bâtiment et firent tinter les chopes sur les tables.

Puis les nouveaux époux, verre en main, allèrent trinquer à la ronde.

Lorinda suivait son mari; elle le voyait acclamé comme un propriétaire considérable et une véritable personnalité du comté, tandis qu'elle-même n'avait guère d'importance. Toutefois, les femmes la saluèrent avec enthousiasme et lui souhaitèrent beaucoup de bonheur en lui offrant des brins de bruyère blanche et de curieux coquillages qui devaient être autant de gages de fertilité.

Comme la nuit tombait, chacun sortit afin d'admirer le feu d'artifice. Durstan Hayle avait bien fait les choses; des fusées de toutes les couleurs montaient dans le ciel noir et une pluie d'or et d'argent paraissait ruisseler dans les buissons.

Lorinda commençait à se sentir lasse; aussi fut-elle soulagée quand son mari parla enfin de départ.

Ils rentrèrent au château dans le landau décoré de fleurs et gagnèrent un petit salon que Lorinda ne connaissait pas encore.

Elle regarda la pendule qui ornait le dessus de la cheminée : elle marquait dix heures et demie. Ce n'était pas une heure tardive à Londres, mais la jeune femme avait pourtant hâte de se retirer.

– Puis-je vous offrir à boire? proposa M. Hayle.

– Non, merci.

Lorinda s'était assise sur une ottomane recouverte de soie mauve et disposait autour d'elle les plis de sa jupe à traîne.

– Oserai-je vous féliciter? reprit son mari. Vous dirai-je que je vous ai admirée tout au long de cette journée, que vous avez dû trouver quant à vous bien pénible?

La jeune femme le fixait avec stupéfaction... Elle avait eu le désagréable sentiment au fil des heures qu'il ne cessait de la critiquer, de la prendre en faute.

– Vous êtes fatiguée; je ne veux pas vous imposer la fastidieuse inspection de nos cadeaux de mariage. Ils ont été disposés dans la pièce attenante : je ne désirais pas les exposer publiquement. Mon secrétaire en a la liste; vous lui demanderez de vous les montrer, demain ou plus tard, comme il vous plaira.

– Il n'y a aucun présent pour moi, n'est-ce pas?

Durstan Hayle garda le silence.

– Avez-vous fait paraître une annonce dans *La Gazette*? reprit Lorinda.

– Non.

– La raison, s'il vous plaît?

– Les gens auraient pu s'étonner de vous voir mariée si rapidement après votre départ de Londres. Ils n'auraient trouvé qu'une seule raison à une telle précipitation.

– Votre fortune?

– Cela me semble évident.

– Alors que la vraie cause est votre désir d'avoir une épouse avec un titre, et des terres jouxtant les vôtres!

Lorinda persiflait mais son mari fit semblant de ne pas comprendre.

– Vous êtes épuisée. N'aimeriez-vous pas monter dans votre chambre?

La jeune femme fut agacée par cette proposition. Elle se leva et traversa lentement la pièce en notant qu'elle renfermait de très beaux tableaux de l'école française, des Fragonard, un Lancret...

« Il a certainement fait appel à un décorateur! Il peut s'offrir ce qu'il y a de mieux puisqu'il est si riche! »

– Serrer la main de tous ces gens m'a fatiguée, je ne le nie pas, remarqua-t-elle en soulevant son voile qui lui tirait les cheveux.

M. Hayle la suivit sans mot dire jusqu'au pied de l'escalier où un valet présenta un flambeau à Lorinda.

Celle-ci le prit et prononça un « Bonsoir! » impérieux, montrant à l'évidence qu'elle ne souhaitait pas voir son mari avant le lendemain.

Toutefois, en gravissant les marches, elle se demanda s'il ne serait pas, au contraire, incité par son air provocant à faire exactement ce qu'elle voulait éviter.

La jupe de Lorinda glissait avec un doux bruissement sur le tapis qui recouvrait les degrés. Sans un regard en arrière, tenant fermement le lourd chandelier d'argent, la nouvelle épousée gagna le palier, longea le corridor et atteignit sa chambre. Son cœur battait de manière anormalement précipitée.

Deux servantes l'aidèrent à se dévêtir, à prendre un bain et à se coucher. Quand elle fut seule, adossée aux oreillers de dentelle, la jeune femme s'avoua qu'elle n'était pas rassurée... La simple idée que M. Hayle pourrait entrer dans cette pièce, la caresser, l'embrasser, vouloir faire d'elle sa femme, l'emplissait d'effroi.

Elle posa ses pieds nus sur le tapis et courut jusqu'à la porte donnant sur le couloir : elle n'y trouva pas de clef dans la serrure! Elle se rendit ensuite à l'autre issue, qui donnait accès à la garde-robe et à un petit boudoir; aucune clef là non plus!

Elle n'aurait jamais imaginé que dans cette maison remplie du nécessaire et du superflu, ne se trouvât pas le moindre loquet! Pas le moindre verrou! Rien!

Puis elle songea que les clefs se trouvaient peut-être à l'extérieur; on pouvait fermer ces pièces quand elles étaient inoccupées... Elle ouvrit les deux battants avec précaution mais ne put rien découvrir.

Gagnant le centre de la chambre, elle resta immobile quelques instants à la recherche d'une solution. Une sorte de panique la gagnait; elle devait surtout garder son calme.

Elle n'avait pas l'intention de se rendre sans combattre. Si son mari entrait, elle lui expliquerait qu'elle voulait bien être son épouse d'après la loi mais non pas selon la chair. Il ne pourrait la conquérir que de force, et elle était prête à lutter jusqu'à l'anéantissement.

Cette idée de résistance lui rappela un détail. Elle ouvrit fébrilement les tiroirs d'une commode où devait se trouver son linge personnel.

Elle fouilla parmi les mouchoirs, les gants, les bas soigneusement rangés par des caméristes, pour découvrir ce qu'elle cherchait : le pistolet qui lui avait un jour servi à tuer un bandit, non loin de Spaniards Inn.

Elle l'avait glissé dans ses bagages. Il évoquait tant de souvenirs! Elle l'emportait toujours pour se protéger des dangers de la route!

Dans une boîte de fer étaient serrées des munitions. Lorinda chargea son arme et appuya le canon froid contre sa joue. Elle avait retrouvé son calme.

« Je ne m'en servirai pas pour tuer, naturellement! Je viserai au bras, et je serai tranquille pour quelque temps! »

Elle était très habile. Comme son père avait durement ressenti le fait de ne pas avoir de fils, elle avait cru lui faire plaisir en excellant dans tous les sports masculins.

Elle montait à cheval comme un homme, tirait à la carabine ou au pistolet, chassait, pêchait, se défendait fort bien à l'escrime et conduisait un attelage à quatre avec autant de maestria qu'un « fouet » renommé.

A l'âge de dix ans, elle se levait de bon matin pour seller un pur-sang et lui faisait franchir des barrières que son père avait dressées dans une prairie derrière le Prieuré. Inutile de préciser que ces obstacles étaient les mêmes que ceux des adultes!

Le valet d'écurie qui l'avait surprise un jour n'avait pu qu'applaudir :

– Ah, Milady, vous êtes née sur un cheval! Je n'ai plus rien à vous apprendre!

Rassurée par son arme, Lorinda s'assit dans un fauteuil faisant face à la porte principale.

Les femmes de chambre l'avaient aidée à passer une des chemises de nuit en linon diaphane qu'elle avait rapportées de Londres; elle dédaigna le négligé assorti pour un peignoir épais et moins révélateur.

En nouant la ceinture autour de sa taille mince, Lorinda pour la première fois de sa vie maudit sa beauté qui faisait perdre la tête aux hommes : tôt ou tard, ils se laissaient emporter par le désir et cherchaient à la prendre dans leurs bras pour l'embrasser.

La jeune fille s'était défendue contre nombre de soupirants aveuglés par la passion, mais aucun d'eux ne l'avait retenue captive plus de quelques secondes, et aucun n'avait jamais posé ses lèvres sur les siennes.

La perspective d'un baiser sur la bouche lui déplaisait si profondément qu'elle en avait presque la nausée; elle serait peut-être allée jusqu'au meurtre dans sa fureur, si l'un d'eux avait osé...

« Je ferai plier Durstan Hayle, comme les autres! » se dit-elle avec feu.

Et, soudain, elle se rappela l'inconnu à la poigne d'acier qui l'avait empêchée de rejoindre les passeurs. Elle avait été si occupée durant ces dernières semaines qu'elle avait oublié ses idées de contrebande ainsi que la manière brutale dont elle avait été traitée dans le bois.

« J'ai été attaquée dans le dos! pensa-t-elle. Mais Hayle et moi serons face à face! »

Elle fixait la porte et sa main droite restait posée sur la crosse du pistolet, enfoui dans les plis de son peignoir.

Quand son mari entrerait, il apprendrait à ses dépens qu'elle n'était pas prête à se laisser dominer!

★

Lorinda se réveilla en sursaut.

Pendant un moment, elle se demanda où elle était, puis elle réalisa que le candélabre posé près d'elle ne répandait plus de lumière car ses bougies avaient entièrement brûlé. Une pâle lueur filtrait entre les rideaux.

La jeune femme était tassée dans un fauteuil; elle avait froid et se sentait pleine de courbatures.

Personne n'était venu...

Le pistolet gisait sur le tapis; il n'avait servi à rien.

Frémissante et déconcertée, Lorinda vint se pencher sur une pendule en porcelaine de Saxe qui décorait l'une des commodes : les aiguilles indiquaient sept heures.

C'était incroyable! Elle avait passé la nuit sur un siège; elle y avait même dormi comme dans son propre lit!

Une chose était sûre, en tout cas : elle n'avait rien à craindre de son époux, même si les serrures étaient sans clef!

Lorinda ôta sa robe de chambre et se glissa entre ses draps. Toutefois, elle prit la peine de cacher le pistolet sous son oreiller.

Le lit était confortable et chaud. Elle espérait se rendormir aussitôt, mais elle fut assaillie par des pensées déconcertantes.

Pourquoi Durstan Hayle n'avait-il pas revendiqué ses droits d'époux? Pourquoi n'était-il pas entré dans sa chambre?

Est-ce que par hasard... Non, ce n'était pas possible! Serait-ce parce qu'elle ne lui plaisait pas?

Si elle réfléchissait honnêtement, elle devait s'avouer qu'au cours de leurs rencontres, peu nombreuses il est vrai, il ne l'avait jamais regardée comme le faisaient les autres hommes, qui tentaient en vain de dissimuler leur admiration.

La veille, quand elle s'était avancée dans l'église, vêtue de la robe qu'il avait choisie et du voile de dentelle fourni par lui, elle n'avait pu lire dans son regard qu'une ironie triomphante. Et, sur sa bouche, elle avait remarqué le pli dédaigneux qui l'irritait si fort.

Le sort lui aurait-il fait épouser le seul individu qui ne la trouvât point irrésistible?

C'était une idée si désolante que Lorinda la rejeta bien vite, avec un mouvement d'humeur.

Puis elle se dit qu'au fond, c'était une bénédiction : M. Hayle n'aurait pas envie de l'importuner. Elle n'aurait pas à se défendre contre ses avances indésirables... En somme, tout était parfait.

Pourtant, son côté féminin se révoltait à cette constatation. Elle avait fait tant de conquêtes! Elle s'était habituée aux compliments, à l'adoration manifeste de ses nombreux prétendants. Il n'y avait guère que les vieillards pour ne pas l'accabler de flatteries, d'invitations, de fleurs, de billets doux...

Lorinda s'étonnait de voir cette époque révolue. Avait-elle vieilli et enlaidi au cours de ces derniers mois? Son miroir ne lui avait rien dit de semblable. Quand elle avait campé sur ses cheveux roux l'extravagant chapeau surmonté de plumes d'autruche, elle s'était trouvée aussi piquante et désirable qu'aux jours où elle régnait sur la meilleure société.

Non, elle n'avait pas changé. Sa beauté n'avait pas disparu. Mais l'homme avec lequel il lui fallait vivre ne s'en souciait point.

Se posait alors une question primordiale : si M. Hayle n'éprouvait pour elle aucune attirance, aucune admiration, comment ferait-elle pour le dominer, pour lui imposer sa loi?

Elle parvint à s'endormir d'un sommeil agité; quand elle s'éveilla, le même problème l'assaillit et revint la tourmenter.

Les servantes entrèrent à neuf heures et demie avec le plateau du petit déjeuner. Lorinda, n'ayant guère envie de rencontrer son mari dès le début de la journée, leur avait dit la veille qu'elle prenait toujours son premier repas dans sa chambre.

Elle fut donc servie au lit, dans un déploiement de vaisselle d'argent et de porcelaine, sur un napperon brodé; on lui présenta un choix de plats et de boissons très différent de ce qu'elle prenait au Prieuré!

Là-bas Mme Dogman apportait de la cuisine un poêlon contenant des œufs brouillés que le comte et elle-même partageaient dans des assiettes dépareillées, pour les manger avec des fourchettes ternies, sur une nappe défraîchie...

– Quelles seront les occupations du jour? demanda-t-elle à l'une des domestiques.

– Le maître m'a chargée de vous dire, Milady, qu'il sortait à cheval vers dix heures et demie et qu'il serait heureux de votre compagnie.

– Merci. Pouvez-vous préparer mon amazone?

En son for intérieur, Lorinda trouvait le message de M. Hayle plus proche d'un ordre que d'une prière courtoise.

Il n'était pas question pour elle de s'esquiver même si elle n'avait aucune envie d'une promenade à cheval. Elle devait obéir à son seigneur et maître.

« Tôt ou tard, pensa-t-elle, il nous faudra trouver un compromis. »

Cependant, elle sentait que leur débat sur ce sujet ne se passerait pas sans mal!

Elle quitta son lit pour prendre un bain et résolut de se parer avec élégance; le meilleur moyen de dominer son mari était peut-être de le rendre aussi amoureux que ses anciens admirateurs.

Si son instinct la poussait à défier Durstan Hayle, à dresser sa volonté contre la sienne et même à faire de sa vie un enfer, la réflexion la portait à se conduire de façon plus subtile : il n'était pas du tout certain que dans ce combat ce fût elle qui l'emporterait...

Elle devait donc se montrer séduisante, désirable,

un peu lointaine cependant, pour en faire son esclave comme Edward et tant d'autres.

Ce ne serait pas une tâche aisée! Elle aurait à cacher son aversion, qui confinait à la haine. Elle saurait bien y parvenir...

Toute sa vie elle avait obtenu ce qu'elle désirait. Quand elle se fixait un but, elle l'atteignait grâce à une obstination qui ne se laissait pas distraire.

« Oui, j'arriverai à le rendre tellement épris de moi qu'il souffrira enfin comme il le mérite! » songeait-elle avec délectation.

Elle oubliait que M. Hayle avait sauvé son père de la misère, et probablement du suicide, en offrant pour le Prieuré le double de sa valeur réelle. Pour l'instant, elle ne considérait que la manière implacable avec laquelle il l'avait contrainte et forcée à devenir sa femme.

Il était donc son ennemi et elle le vaincrait par tous les moyens, licites ou non.

« J'en fais le serment : il m'avouera son amour et, alors, je lui éclaterai de rire au nez! »

Elle savait que le rire était une arme beaucoup plus douloureuse pour l'orgueil d'un homme qu'une lame de métal : celle-ci n'entamait que les chairs, alors que le cœur était touché par la moquerie d'une femme.

Lorinda se souvenait des jeunes gens qui venaient ramper à ses pieds, comme des chiens fidèles que rien ne décourage. Elle traiterait Durstan Hayle ainsi, elle le punirait d'avoir osé s'imposer à elle comme époux.

Elle aurait sa revanche; même si le destin semblait s'acharner contre elle, un jour viendrait où elle triompherait!

En tout cas, une chose ne se reproduirait plus : elle ne passerait pas une deuxième nuit pistolet à la main, à guetter l'arrivée d'un mari peu pressé d'exercer ses droits...

Elle s'enquit auprès de la femme de chambre :

– J'ai remarqué que les serrures n'avaient pas de clef; j'aime souvent à faire la sieste après le déjeuner : dans ce cas, je m'enferme pour ne pas être dérangée. Pourriez-vous demander à la gouvernante ce qu'elles sont devenues?

– Bien sûr, Milady. J'en ai toujours vu ici. Je ne comprends pas comment elles ont pu disparaître.

C'était bien un mystère. Pourquoi M. Hayle les aurait-il prises, puisqu'il n'avait eu aucune envie de se rendre chez son épouse?

Lorinda revêtit son amazone de drap vert soutaché de parements blancs et posa sur ses cheveux un petit tricorne qu'elle inclina d'un air mutin sur son front. Elle avait pris soin de relever ses boucles rousses en un chignon serré qui ne se déferait pas au vent de la course.

Avec ses bottes polies comme des miroirs et sa cravache à manche d'argent, elle avait l'air d'une parfaite écuyère.

Elle fit tinter ses éperons et bruire ses jupons empesés tout en descendant l'escalier : elle avait vu, du haut du palier, que Durstan Hayle se trouvait dans le hall à l'attendre.

Elle s'obligea à sourire d'un air engageant; ses yeux ne masquaient pas aussi bien ses sentiments, mais elle devait présenter, somme toute, un tableau séduisant aux yeux d'un mari.

– J'accepte votre invitation avec le plus grand plaisir! lui dit-elle. Avez-vous un but pour votre promenade?

– J'ai pensé que vous aimeriez peut-être voir les travaux effectués dans mes fermes. Si de telles améliorations vous intéressent, je pourrai ordonner les mêmes sur les terres du Prieuré.

– J'en serais enchantée, répondit la jeune femme de sa voix la plus douce.

M. Hayle fut sans doute surpris de son changement d'attitude, mais il n'en laissa rien paraître. Il lui offrit galamment le bras pour la conduire jusqu'aux écuries, situées non loin du château.

Là, il eût été vain de continuer à feindre l'admiration ou l'enthousiasme. Dans des stalles impeccablement tenues étaient logés les plus beaux pur-sang dont on puisse rêver. Une jument avait été sellée pour Lorinda; c'était une bête d'un noir de jais à l'exception d'une balzane blanche.

Quant à la monture de M. Hayle, elle était uniformément grise, sans aucune marque sur sa robe soyeuse.

– Comment s'appelle cette jument? demanda Lorinda en caressant le museau de l'admirable animal.

– Indira. J'ai donné à tous mes chevaux des noms hindous. Mon étalon a été baptisé Akbar.

Un valet vint aider la jeune femme à se mettre en selle, et le couple sortit dans la cour.

Aux premières réactions d'Indira, la jeune femme ressentit le bonheur qu'éprouve un musicien à jouer sur un instrument de grand prix. Elle n'avait jamais monté un animal de cette qualité; oubliant ses soucis, elle se laissa envahir tout entière par la joie de s'élancer à bride abattue dans un univers baigné de soleil.

Il n'y avait plus de place dans son cœur pour la haine ou la vengeance. Seul comptait l'allégresse de cette chevauchée dans l'herbe épaisse et haute de juillet.

5

Allongée sur une chaise longue, dans sa chambre, Lorinda tentait de mettre un peu d'ordre dans ses pensées. Elle songeait tristement à l'inutilité de ses efforts pour séduire son mari...

Certes, il se montrait courtois et attentionné; il n'oubliait jamais ses bonnes manières; toutefois on aurait pu croire qu'il s'adressait à une de ses vénérables parentes plutôt qu'à une jeune épouse à la beauté resplendissante.

Dans son regard ne passait jamais cette étincelle d'admiration que Lorinda guettait avec avidité. D'habitude, les hommes la fixaient avec surprise, car ils avaient du mal à croire ce qu'ils voyaient, puis l'admiration cédait le pas à la convoitise.

Ils l'entouraient, bavardaient, riaient, cherchaient à lui plaire, cachant mal leur désir de possession. Et, une fois qu'ils étaient pris, plus question pour eux de se libérer!

Or, Durstan Hayle n'adoptait en rien ce comportement; il ne semblait pas être en présence d'une jolie femme, ni même d'une femme simplement.

Lorinda s'était alors abaissée à de petites machinations qu'elle avait vu employer par ses rivales moins adulées. Elle avait posé des questions avec une feinte ignorance, avec ses grands yeux admiratifs et ce sourire ébloui qui font croire aux hommes qu'ils sont des êtres supérieurs.

Son mari lui avait répondu en quelques phrases concises et informées, puis il avait laissé tomber le sujet, de sorte qu'elle avait dû faire de nouveaux des efforts pour relancer la conversation.

Cependant, il avait montré un peu de chaleur en présentant les innovations effectuées sur son domaine. Il logeait ses fermiers dans des bâtiments modernes et bien conçus; il mettait à leur disposition les techniques agricoles les plus avancées, dont Lorinda ignorait jusqu'à l'existence.

Il avait également converti plusieurs hectares de bonne terre dans la culture des fleurs; après les narcisses et les tulipes, les paysans récoltaient à présent des pivoines et des roses qu'ils expédiaient au marché de Falmouth.

M. Hayle envisageait de créer un service de

transport rapide afin de livrer ses productions jusqu'à Bath et Bristol. Un fourgon léger tiré par quatre chevaux pouvait atteindre ces villes assez rapidement pour livrer des fleurs fraîches.

Lorinda se força à s'intéresser à ces projets mais ne tarda pas à être conquise; sa curiosité s'éveilla réellement : elle était captivée par ce qu'elle découvrait!

On leur servit un repas champêtre dans l'une des métairies, à l'extrême limite du domaine, et ils s'en revinrent vers le château par le bord de mer, dans les cris des mouettes et le bruit du ressac. Un grand ciel bleu s'étendait au-dessus des falaises et jusqu'à l'horizon qui tremblait dans une brume de chaleur.

En voyant apparaître au loin les hauts murs de leur domaine, Lorinda s'aperçut qu'elle avait bien peu progressé dans son plan de séduction. Certes, elle avait passé une agréable journée, mais son objectif semblait aussi lointain que lorsqu'elle s'était mise en selle, le matin.

– Je m'étonne que vous ayez décidé si tard de vous marier! dit-elle, oubliant son ton charmeur, tandis que les chevaux ralentissaient pour traverser le parc.

– J'habitais en Orient. Je ne pouvais offrir d'agréables conditions de vie à une Anglaise.

– Ne me dites pas que vous n'aviez aucune compagnie féminine!

Il sourit.

– Là, c'est un autre chapitre.

– Sont-elles donc si belles, ces Hindoues qui croient que les hommes sont des êtres divins?

– Elles sont très belles, en effet.

Et ce fut tout. Lorinda se sentit piquée.

Peut-être espérait-il qu'elle se comporte comme ces femmes d'Orient? Il voulait sans doute une épouse serviable et dévouée, qui préviendrait le moindre de ses désirs...

– Etes-vous heureux d'être revenu en Angleterre? Avez-vous laissé là-bas une apsara aux cheveux noirs?

M. Hayle garda le silence. Il ne semblait pas apprécier ce genre de remarques. Son mutisme était plus éloquent que des paroles de blâme. Il trouvait à l'évidence que ce n'était pas un sujet de conversation pour une lady.

« En somme, pensait Lorinda, il lui faut une parfaite nullité, une marionnette qui incline la tête pour dire " oui " ou " non ". Il aurait aussi bien pu épouser une muette ou la figure de proue d'une galère! Quand on est en bois, on ne parle pas. »

Et la jeune femme sentit monter en elle sa colère.

Ayant gagné les écuries sans plus parler, Durstan Hayle prit rapidement congé de son épouse.

– Je serai occupé jusqu'à l'heure du dîner. Je vous conseille de prendre un peu de repos.

– Je suis touchée de votre sollicitude! Surtout en ce qui concerne mes préférences, répliqua Lorinda.

Elle monta les escaliers tel un ouragan, furieuse d'avoir encore dû plier devant cette volonté d'acier. Elle fut suivie dans sa course par l'un des dalmatiens appartenant à M. Hayle. Il possédait une paire de très beaux chiens de chasse : César et Brutus étaient aussi parfaits dans leur genre que les chevaux des écuries.

Parce qu'elle se sentait déçue et solitaire, Lorinda jeta sur son lit sa cravache et son chapeau, ôta sa veste et s'agenouilla sur le tapis pour caresser Brutus.

L'animal fut ravi de tant d'attentions et se laissa faire en grognant de plaisir. Lorinda lui donna de petites tapes affectueuses sur la tête en pensant que c'était une compensation pour le manque de tendresse d'un maître bien peu démonstratif.

Quand elle prit son bain, le chien demeura sagement au pied du lit, attentif à ne pas gêner les allées et venues des femmes de chambre. L'une d'elles demanda à Lorinda quelle robe elle porterait ce soir-là. Et, en posant la question, elle ouvrit les deux battants d'une vaste penderie.

Pour la première fois, la jeune femme voyait la collection de vêtements que Durstan Hayle avait commandée pour elle à Londres.

Si le présent était venu d'un autre donateur, elle aurait pleinement apprécié la peine qu'il avait prise : il s'était adressé à une couturière de renom chez qui, à l'occasion, Lorinda s'était offert un colifichet, et il lui avait commandé tout ce qui pouvait convenir à une femme rousse.

Cette Mme Laurent, une Française, connaissait la pointure de Lady Lorinda Camborne; aussi des escarpins assortis complétaient-ils les toilettes. Elle découvrit également une profusion de jupons et de sous-vêtements, festonnés de dentelle ou de broderie anglaise. Toute femme aurait pu rêver d'en posséder de semblables.

Ce cadeau royal fit sur sa bénéficiaire une impression que M. Hayle n'avait sans doute pas prévue. Au lieu de se sentir comblée, Lorinda résolut de mettre pour le dîner une robe qui lui appartenait à elle.

Et, par esprit de contradiction, elle choisit une toilette si osée qu'elle n'avait jamais pu se résoudre à la porter.

Comme ses amies, elle avait voulu suivre la mode des seins nus, avec un profond décolleté qu'une gaze légère voilait à peine. Elle avait donc acheté un modèle jaune très clair, d'une étoffe si fine et d'une coupe si ajustée qu'il semblait échancré jusqu'au nombril!

Lorinda n'avait jamais eu le front de se montrer ainsi en public; mais son achat n'avait pas été inutile puisqu'elle allait régaler ce soir Durstan Hayle d'un spectacle qui lui couperait le souffle. Ils ne seraient que tous deux au dîner, ce qui était préférable, pensa-t-elle.

La jeune femme se demandait comment son mari prendrait la chose. A Londres, une telle tenue en aurait poussé plus d'un à des actes irréfléchis. Elle imaginait facilement la réaction de Lord Wroxton, ou celle de ce pauvre Edward!

Mais le caractère de M. Hayle était plus difficile à deviner.

La femme de chambre lui releva les cheveux à la « merveilleuse », en boucles de flammés qui rendaient son petit visage encore plus mince et ses yeux verts encore plus grands. Lorinda mit un peu de rouge sur ses lèvres et descendit au rez-de-chaussée.

Comme elle s'y attendait, son mari se trouvait au salon. Elle fit son entrée de manière très théâtrale, restant quelques secondes immobile sur le seuil, puis avançant d'une allure souple et serpentine en agitant son éventail.

Elle savait la lumière des candélabres flatteuse pour son teint et pour cette nuance particulière de jaune qui semble fade chez les blondes et les brunes, mais qui s'accorde avec le flamboiement des rousses.

En progressant selon un mouvement circulaire pour se faire admirer sous tous les angles, Lorinda guettait entre ses cils baissés l'expression de son mari.

Celui-ci demeura impassible jusqu'à ce qu'elle l'eût rejoint. Il demanda :

– Cette monstruosité se trouvait-elle parmi les robes que j'ai choisies pour vous?

– Oh, vous ne l'aimez pas? s'enquit Lorinda sur un ton innocent. Je croyais que vous seriez séduit.

– C'est le genre d'oripeaux que mettent peut-être les prostituées, mais certainement pas ma femme.

– Seriez-vous si vieux jeu?

– Vous allez immédiatement changer cette tenue pour quelque chose de présentable.
– C'est trop tard! Et je n'en ai pas envie.
– Je vous ordonne de le faire.
– Pourquoi obéirais-je à vos ordres? Je ne vous reconnais aucune autorité sur moi!
Lorinda lui faisait face avec impétuosité, les yeux fixés sur les siens, l'air farouche.
– Parfait... murmura Durstan Hayle. Puisque vous désirez paraître nue, pourquoi ne pas l'être vraiment?
Il posa la main sur le bord de son décolleté; saisissant l'étoffe légère, d'un seul geste rapide, il la déchira jusqu'en dessous de la taille.
Lorinda poussa un cri et leva les mains pour cacher sa poitrine. Elle n'eut que le temps de voir l'expression triomphante de M. Hayle avant de s'enfuir de la pièce.
Au moment où elle passait la porte, elle entendit :
– Je vous donne dix minutes pour revenir ici décemment habillée. Si vous n'êtes pas là à l'heure fixée, je monterai vous chercher.
Sans tourner la tête ni répondre, la jeune femme courut à travers le hall en tenant les lambeaux de son corsage contre ses seins, cherchant à garder un semblant de dignité.
Dans la chambre, une servante était occupée à ranger les vêtements.
– Que vous est-il arrivé, Milady?
– Un petit accident.
Lorinda prenait un ton léger, comme s'il s'agissait de peu de chose. Très rapidement, la camériste présenta une jolie toilette pour remplacer la robe jaune et, sans s'attarder à vérifier son apparence dans le miroir, Lorinda redescendit au salon. Puisque Durstan Hayle avait menacé de venir la chercher de force dix minutes après, elle préférait ne pas mettre en doute sa menace. Elle avait été

suffisamment humiliée pour éviter un affrontement qui susciterait les bavardages des domestiques.

Comme elle quittait la pièce, la servante demanda :

– Faut-il faire raccommoder l'accroc, Milady?

– Jetez-la! Je ne veux plus jamais voir cette horreur!

Au bas de l'escalier, Lorinda rencontra son mari qui se dirigeait vers la salle à manger. Sans le moindre commentaire, il lui offrit son bras. La jeune femme posa la main sur le satin bleu foncé de sa manche, haïssant ce simple contact.

Sans un mot, elle marcha, la tête haute, près de lui.

★

A son grand étonnement, Lorinda passa une excellente nuit; elle dormit d'une traite, d'un sommeil sans rêves, et s'éveilla pour constater que le cauchemar était sa vie réelle au château des Penryn.

« Pourrons-nous mener longtemps une existence pareille? » se demanda-t-elle.

La perspective d'une lutte à soutenir, pour la première fois, ne la remplissait plus d'excitation et de vigueur. Elle devait s'avouer que son présent adversaire gagnait toutes les parties!

Elle avait assez d'honnêteté pour reconnaître que la veille, elle avait exagéré, dans son désir de provocation. Elle avait voulu mettre son mari en colère, mais non pas susciter cette froide violence qui l'avait laissée tremblante et abattue.

« J'ai peur de lui... On ne peut prévoir ses réactions! N'importe quel autre homme aurait agi différemment et j'aurais su reprendre l'avantage. Mais avec lui, je ne parviens jamais à imposer mon jeu. Cet homme est un mur! »

Elle prit son petit déjeuner au lit, puis demanda quel était le programme de la journée.

– Le maître vous attend comme hier pour une promenade à cheval, lui répondit-on. Vous aurez la même jument.

Lorinda se sentit soulagée. En montant Indira, elle pouvait oublier la haine qu'elle éprouvait pour cet homme qui chevauchait non loin d'elle, et s'absorber dans le plaisir de mener à sa guise une monture aussi exceptionnelle.

Elle choisit une amazone du même jaune que celui de la fameuse robe, afin de ne pas s'avouer vaincue, et s'étonna de se voir dans la psyché aussi fraîche et resplendissante que si elle n'avait souffert aucune émotion.

– Naturellement, il ne remarquera rien! murmura-t-elle entre ses dents.

– Pardon, Milady?

– Aucune importance. Donnez-moi mon feutre noir.

Elle avait, l'an passé, commandé ce chapeau à large bord chez l'une des meilleures modistes de Londres, et elle avait fait sensation ainsi coiffée.

Ses prétendants avaient applaudi et l'avaient trouvée plus désirable que jamais.

Il fallait être un homme au cœur de pierre pour lui résister ainsi!

Lorinda se demanda soudain si M. Hayle n'était pas uniquement attiré par les brunes aux cheveux aile-de-corbeau et aux yeux de colombe, comme on n'en trouve qu'aux Indes et avec qui aucune Européenne ne saurait rivaliser.

« Je devrais me réjouir de son indifférence... pensait-elle. Ainsi il me laissera en paix! »

Toutefois, c'était bien irritant pour une reine de la société de voir un homme, et son mari, insensible à ses charmes!

M. Hayle ne se trouvait pas dans le hall.

– Le maître est dans la bibliothèque, Milady, annonça le majordome.

Lorinda en prit le chemin quand elle vit sortir son époux, en compagnie du premier secrétaire.

Il donna ses dernières recommandations à ce dernier, puis se tourna vers la jeune femme.

– Je suis navré, Lorinda : je ne pourrai pas vous accompagner ce matin. Je dois me rendre d'urgence à Falmouth.

Elle garda le silence et regarda par la grande porte les chevaux qui attendaient au bas du perron.

– Néanmoins, vous aurez votre promenade! Mon chef d'écurie vous fera découvrir une partie du domaine que je juge assez pittoresque, avec des grottes et des cascades.

– Qu'il ne se mette pas en peine! Je préfère explorer la campagne seule et à ma guise.

– Un valet vous suivra.

Les yeux de Lorinda lançaient des éclairs.

– J'ai l'habitude d'aller sans compagnie!

Durstan Hayle traversa le hall et ouvrit la porte du salon.

– Voulez-vous entrer un moment?

Plutôt que de faire une scène en public, Lorinda obéit. Fermant le battant avec soin, M. Hayle s'y adossa. Il parlait d'une voix sèche.

– Je m'exprimerai clairement : une femme de bonne naissance et de bonne éducation ne monte pas seule à cheval. Or je désire que mon épouse mérite ces deux qualificatifs.

– Quelle idée stupide! Nous sommes au fin fond de la Cornouailles! Qui me verra passer?

– Ce n'est pas la question.

– Je ne veux pas être escortée par un de vos espions qui viendra rapporter mes faits et gestes!

– Un groom ira derrière vous, un point c'est tout. Je ne discuterai pas plus longtemps. Je suis pressé.

M. Hayle sortit dans le hall et Lorinda l'entendit donner les ordres nécessaires aux laquais. Il fallait ramener Akbar aux écuries et seller un autre cheval à l'intention d'un valet.

Depuis son enfance, Lorinda se promenait seule, en province comme à Londres. Elle ne s'était jamais embarrassée d'un domestique pour aller trotter dans les avenues de Hyde Park à Londres. Dès qu'elle apparaissait à la grille dorée, les jeunes cavaliers qui l'attendaient se précipitaient vers elle et c'était une vraie cavalcade qui prenait Rotten Row.

Si elle arrivait plus tôt que prévu et ne trouvait personne, elle mettait son cheval au galop pour traverser les endroits déserts; il lui était même arrivé de se rendre seule beaucoup plus loin, jusque sur les landes entourant Londres que l'on disait infestées de voleurs.

Or, voici qu'à présent, dans cette paisible campagne cornouaillaise, elle devait être chaperonnée comme un enfant ou une de ces faibles femmes qu'elle avait toujours traitées d' « écuyères de manège ».

C'était une insulte à ses capacités!

Toutefois, si elle discutait plus longtemps, son mari serait capable d'annuler la sortie, purement et simplement. Aussi attendit-elle l'arrivée du valet en battant nerveusement le plancher du talon.

Tandis qu'elle bouillait d'impatience et d'énervement, un phaéton fut amené devant les marches. Lorinda reconnut l'élégant véhicule qu'elle avait vu pour la première fois au Prieuré, quand M. Hayle était venu rendre visite au comte.

Durstan n'accorda pas un regard à sa femme : il monta sur le siège, prit les rênes et le fouet, puis se mit en route.

Lorinda fit quelques pas en avant pour le regarder partir.

On ne pouvait mettre en doute son habileté à

mener un équipage. Il fit prendre aux chevaux un tournant impeccable et disparut bientôt, le chapeau haut de forme bien planté sur sa tête altière, les épaules plus carrées que jamais.

« Il a peut-être l'air d'un homme du monde, songeait Lorinda, frémissante de rage, mais ce n'est qu'un parvenu assommant, vieux jeu, plus austère qu'un vieux moine et encore plus prêcheur! »

Elle quitta des yeux le nuage de poussière, qui s'éloignait, en haussant les épaules.

Au même moment, un homme revenait des écuries, tirant par la bride un grand rouan plein de feu. Lorinda monta en selle sans l'attendre et poussa Indira en direction du parc.

Déjà, elle entrevoyait le moyen de désobéir aux ordres de M. Hayle.

Elle tourna le dos à la mer et partit vers le nord, là où de vastes prairies pleines de fleurs sauvages s'élevaient doucement jusqu'aux collines boisées.

Elle fit prendre à sa jument un galop enlevé, une allure destinée à laisser sur place le malheureux domestique.

Lorinda était une excellente cavalière : elle avait été à bonne école avec le comte et ses palefreniers; elle déploya toute sa science en cette occasion. Le rouan du groom était certes un pur-sang vigoureux, et il resta dans sa foulée pendant quelque temps; toutefois, au bout d'une demi-lieue il commença peu à peu à se laisser distancer.

Comme un éclair, Lorinda traversa les étendues herbeuses et parvint à la limite des bois. Au moment de s'y engager, elle se retourna.

Le domestique était toujours en vue. Il s'accrochait et n'avait pas l'intention de s'en retourner.

Pour la jeune femme, cet inconnu devint le symbole de tout ce qu'elle détestait chez son mari : ses reproches, son mépris, et surtout sa froide indifférence.

Fausser compagnie à cet homme qui la suivait sur

les ordres de M. Hayle était comme un coup dirigé contre ce dernier, un geste de défi qui lui apprendrait qu'elle n'était pas son esclave.

Délibérément, elle éperonna Indira; la jument bondit en avant et s'engagea sous les arbres de la forêt.

Insouciante du danger, les lèvres serrées, les yeux étincelant de colère, la jeune femme leva son fouet et cravacha sa monture.

Elle était habitée par une véritable frénésie incontrôlable; elle voulait se venger de ce qu'elle avait souffert. Et l'instrument de sa vengeance serait cette magnifique bête qu'elle gardait en plein galop, utilisant tour à tour la cravache et les éperons.

Elle se rendait compte de sa folie mais se laissait emporter par une explosion de violence comme elle n'en avait jamais éprouvée.

Certes, elle se montrait cruelle et même inhumaine envers cette jument que devait affectionner Durstan Hayle. Eh bien, cet animal paierait pour son maître!

Dans l'épaisseur du bois, Lorinda ne pouvait plus voir si elle était toujours suivie. Elle avait oublié que ce n'était plus un simple domestique lancé à sa poursuite. Elle croyait entendre M. Hayle lui-même, acharné à la faire plier sous sa loi.

Aussi continua-t-elle à planter les pointes de ses éperons dans les flancs d'Indira. Le bois fit place à une prairie en pente, sur l'autre versant de la colline.

Fut-ce la vitesse, une taupinière ou un terrier de lapin? Sans que rien ne le laisse prévoir, la jument bascula sur le côté puis s'effondra.

Sous le choc, Lorinda passa par-dessus l'encolure.

L'herbe amortit sa chute et elle ne perdit pas conscience; elle resta un moment à reprendre son souffle.

Elle gisait, étendue dans l'herbe, la face tournée vers le ciel, et elle sentit s'évaporer d'un coup cette folle ivresse qui l'avait saisie au départ du château. Elle retrouvait son bon sens.

Elle se redressa, chercha son chapeau qui avait roulé plus loin et regarda la jument. Celle-ci avait pu se relever, mais dans quel état!

Son arrière-train était écorché, ses jambes contusionnées, son ventre couvert de sang. Quand elle bougea, Lorinda s'aperçut qu'elle boitait.

La jeune femme pâlit en étouffant un cri : les traînées sanglantes n'étaient pas dues à l'accident, mais aux coups d'éperon qu'elle avait prodigués avec tant d'ardeur...

Jamais de la vie elle n'avait éperonné un animal dressé, rien que des poulains sauvages qu'il fallait dompter; jamais elle n'avait cravaché ou fait souffrir une bête qui lui obéissait sans cela.

– Mon Dieu, souffla-t-elle, comment ai-je pu... Oh, Indira, pardonne-moi! Quelle horreur...

Elle toucha sa victime en tremblant, lui tapota le cou et caressa son museau.

« J'étais folle... Ce n'est pas possible! » songeait-elle, consternée.

Elle avait toujours blâmé la cruauté, sous toutes ses formes. Et maintenant, parce qu'elle éprouvait du ressentiment contre Durstan Hayle, elle avait martyrisé un animal innocent.

Elle enfouit son visage dans la crinière d'Indira et donna libre cours aux larmes qui l'étouffaient. Puis elle fit avancer la jument avec douceur, pour voir jusqu'à quel point elle était blessée.

Effectivement elle boitait gravement.

Il faudrait rentrer au château lentement, à pied, conduisant Indira par la bride, tout au long du chemin...

Il leur faudrait des heures!

Lorinda considéra que c'était une juste punition de sa méchanceté.

Cherchant les pentes les plus douces et l'herbe la plus grasse, elle se mit en route. De temps en temps elle murmurait :

– Ma pauvre Indira, comme je regrette... Courage, ma belle! Encore un effort!

Et il lui semblait que la jument comprenait.

Ce fut au milieu de l'après-midi qu'elle fut en vue du château. Elle avait espéré rencontrer des domestiques partis à sa recherche ou, tout simplement, le valet chargé de l'accompagner.

Or, dans son désir de lui échapper elle avait suivi un itinéraire très compliqué; il ne fallait pas s'étonner si les serviteurs étaient partis dans une mauvaise direction.

Il fallut encore une demi-heure de marche avant d'atteindre les écuries. Lorinda se sentait complètement épuisée; ses pieds lui faisaient mal dans ses bottes d'équitation et sa jupe d'amazone en drap épais lui battait les mollets.

Mais elle devait persévérer, encourager la jument... La chaleur était oppressante; même les ombrages du parc n'apportaient pas de fraîcheur.

Enfin des hommes donnèrent l'alerte et les palefreniers arrivèrent en courant. Lorinda fut obligée de détourner les yeux pour ne pas voir leur expression d'horreur quand ils découvrirent l'état lamentable de la jument.

– Elle boite, dit-elle d'un ton coupant au chef d'écurie. Pansez-la et mettez-lui des onguents.

Sans s'attarder plus longtemps, elle se dirigea vers le château et gagna sa chambre.

Sa camériste vint l'aider à enlever son amazone et ses bottes couvertes de poussière; il y avait du sang sur sa jupe. Lorinda baissa les paupières, transpercée de honte.

– Laissez tout cela par terre! ordonna-t-elle. Vous viendrez plus tard ranger ces vêtements. Je veux être seule.

– Bien, Milady.

La servante s'étant retirée, Lorinda mit un négligé de satin et s'étendit sur la chaise longue. Elle trouva du réconfort à s'enfoncer dans des coussins moelleux. Elle tira sur ses jambes une légère couverture et chercha le sommeil.

Les dernières heures lui apparaissaient comme un cauchemar affreux, ou comme une crise de démence dont elle émergeait avec peine.

Son comportement avait été aberrant. Pourquoi s'était-elle laissé emporter ainsi par la colère? Elle avait martyrisé un animal de prix, une jument docile et racée, alors qu'en réalité elle voulait faire souffrir son mari...

Comment la raffinée Lady Lorinda en était-elle venue à se conduire d'une manière aussi abominable et dégradante? Navrée, elle se sentait au bord des larmes.

Soudain la porte s'ouvrit violemment et Durstan Hayle entra dans la chambre.

C'était la première fois qu'il y pénétrait depuis l'installation de Lorinda au château. Surprise, elle se redressa sur sa couche.

Elle regarda son visage et son cœur s'arrêta de battre : elle n'avait jamais vu un homme dans un tel état de fureur. Sa face était déformée par la colère, d'une blancheur livide sous le hâle.

Lorinda le croyait froid et maître de lui en toute occasion; or il était maintenant si changé qu'elle avait peine à le reconnaître.

– Je viens de voir Indira. Qu'avez-vous à dire pour votre défense?

La jeune femme se leva, prête à s'excuser du traitement barbare qu'elle avait infligé à la jument. Mais, en faisant face à son mari, elle pensa que c'était lui qui l'avait poussée à une telle extrémité; sa haine revint aussi forte et violente qu'auparavant. Elle fixa M. Hayle avec défi et ne répondit rien.

Il s'approcha d'elle, prêt à la toucher. Son regard la fit trembler.

– Je savais, protesta-t-il en articulant nettement, je savais que vous étiez une créature égoïste et futile, ne cherchant que votre propre plaisir, insensible aux souffrances d'autrui. Je vous devinais gâtée depuis l'enfance, immorale et sans cœur. Mais je ne vous croyais pas cruelle. Pourquoi vous êtes-vous acharnée contre la plus précieuse de mes juments?

Il fit une pause. Il parcourut la chambre des yeux, nota les vêtements épars, l'amazone souillée de sang, et reprit :

– En toute justice, vous devez recevoir le même traitement.

Lorinda restait immobile et interdite; elle ne comprenait pas.

Puis elle vit son mari se pencher pour ramasser sur le tapis la cravache abandonnée. Elle se dit que ce n'était pas possible, qu'il n'irait pas jusqu'à la frapper.

D'un revers brutal qui lui arracha un cri de terreur, il la fit tomber sur la chaise longue, dans les coussins. Comme elle tournait la tête pour respirer, elle sentit la cravache s'abattre sur son dos.

La surprise et la souffrance lui arrachèrent un cri, à demi étouffé. Trois fois de suite le fouet s'abaissa et Lorinda crut qu'elle allait s'évanouir de douleur.

Durstan Hayle s'arrêta pour lui annoncer d'une voix glaciale :

– Aucun de mes chevaux n'a été éperonné jusqu'au sang; cela vous semble peut-être peu de chose : vous allez en juger.

Il saisit l'une des bottes et retroussa la manche de sa femme. En haut du bras, près de l'épaule, il enfonça délibérément la pointe de métal, une fois, puis une deuxième, et encore jusqu'à ce qu'elle se mette à saigner.

Lorinda se mordait les lèvres pour ne pas hurler. Elle entendit M. Hayle jeter la botte au loin puis traverser la pièce et claquer la porte.

Elle restait sans bouger, les yeux clos, presque incapable de respirer. Elle ne pouvait croire qu'une pareille humiliation venait de lui être infligée.

Lady Lorinda, la reine de la société, le plus beau fleuron de Londres, qui n'avait jamais permis à un homme de la toucher, s'était fait fouetter puis éperonner comme un animal...

Son dos et son épaule la brûlaient abominablement; toutefois la souffrance morale était pire que la douleur physique. Jusqu'à présent Lorinda n'avait jamais rencontré la violence à l'état brut : elle ne laissait pas les bandits s'approcher, pas plus que les soupirants trop enflammés. Elle les tenait à distance avec une arme ou par des paroles ironiques.

A présent, la force de Hayle, à qui elle n'avait pu tenir tête, avait détruit sa confiance en elle. Ce n'était pas seulement son corps qui était blessé, mais son âme.

Elle ne haïssait plus son mari, elle avait dépassé ce stade. Elle ne désirait plus que la mort. A quoi lui servait-il de vivre? Son avenir n'était qu'une effroyable perspective de ténèbres, si inquiétante et sinistre qu'elle tremblait de s'y engager.

Pouvait-elle s'enfuir? Gagner l'Irlande? Elle ne pourrait plus regarder son mari dans les yeux.

Et lui, comment la regarderait-il? Sans doute avec le même dédain, le même rictus sur les lèvres et ce froncement de sourcils qu'elle ne supportait pas. Il pouvait se réjouir de la façon dont il l'avait abaissée. Il pouvait être fier de la façon dont il avait réduit à sa merci l'arrogante Lorinda Camborne!

La jeune femme s'enfonça dans la nuit du désespoir, sentant se refermer sur elle les lourdes lames d'un océan profond où elle aurait aimé sombrer à jamais.

C'est alors que son orgueil vint à son aide. Elle n'avait jamais manqué de courage et de fierté; et à ce moment-là, ils ne lui firent pas défaut.

Lentement elle émergea de ses accablantes pensées pour prendre une décision. Durstan Hayle l'avait humiliée comme aucune femme ne l'avait été; il l'avait traitée comme un animal; elle ne lui accorderait pas le plaisir de la voir abattue et implorante.

Jamais elle ne s'avouerait vaincue!

Avec précaution Lorinda posa les pieds à terre et se redressa. Comme elle avait mal!

Elle ne tourna pas la tête pour essayer de voir dans son dos les marques laissées par les coups de cravache; l'étoffe légère de son négligé ne l'avait nullement protégée; ses plaies, ouvertes, devaient saigner.

Mais il était facile de voir, sur son épaule, les traces des éperons. La première chose à faire était de les désinfecter.

Lorinda vint s'asseoir à sa coiffeuse et déboucha un flacon de parfum très concentré; elle versa un peu de son contenu sur un mouchoir et, ce faisant, son regard saisit le reflet que lui renvoyait son miroir.

Elle fut effrayée de ce qu'elle découvrit.

Ses yeux cernés semblaient manger ses joues; des traces de larmes brillaient le long de son nez; ses lèvres avaient éclaté quand elle les avait mordues pour ne pas crier.

M. Hayle triompherait s'il la voyait dans cet état!

Mais Lorinda ne lui accorderait pas ce plaisir. Posément elle désinfecta les plaies de son bras et de son dos; elle les recouvrit de bandages qu'elle confectionna en déchirant l'une de ses chemises de nuit. Elle ne voulait pas demander le concours d'une servante qui n'aurait pu s'empêcher de bavarder, après que les malheurs de la jument aient mis la maisonnée en émoi.

Malgré ses souffrances, qui semblaient augmenter de minute en minute, Lorinda revêtit une de ses nouvelles robes au sage décolleté, puis farda ses joues et sa bouche. Quand elle essaya de se coiffer, l'épuisement lui fit tomber les bras. Elle fut obligée de sonner une caméiste, qui lui arrangea les cheveux en hautes boucles spectaculaires.

Pour compléter cette toilette, il aurait fallu un collier de diamants ou des pendants d'oreilles. Malheureusement tous les bijoux des Camborne avaient été dispersés à la vente aux enchères, même la somptueuse parure d'émeraudes qui aurait si bien relevé cette robe, d'un ton parme, un peu fade au goût de la jeune femme.

Elle se para d'une écharpe pailletée, saisit un petit éventail d'ivoire aussi délicatement ajouré qu'une dentelle, et descendit l'escalier cinq minutes avant l'heure du dîner.

Elle était aussi belle et froide qu'à l'accoutumée, bien que son cœur battît la chamade.

Saurait-elle garder son aplomb et affronter son mari pendant tout le repas? Il était plus facile de déverser sur lui sa rage et son ressentiment, de lui jeter au visage tout le mal qu'elle pensait de lui, de lui crier combien elle le détestait...

Mais non. La conduite qu'elle avait choisie montrait beaucoup plus d'intelligence et de finesse. M. Hayle devait à présent s'être calmé. Il ressentait probablement quelques remords. N'importe quel gentleman se montrerait confus; or, M. Hayle affectait les manières d'un homme bien né.

Que recouvrait ce vernis? Que savait-on de lui au juste? Qu'il s'était enrichi aux Indes... Et par quels procédés? La jeune femme avait toujours vu en lui un être plutôt ordinaire, un marchand qui avait besoin d'une épouse titrée pour rehausser son prestige.

Le mépris qu'elle éprouvait pour lui l'aida à faire une entrée calme et résolue dans le salon d'apparat où la conduisit un laquais. A sa surprise – et à son soulagement – elle découvrit que son époux n'y était pas seul.

Le pasteur qui les avait unis se trouvait avec lui, à l'autre bout de l'imposante pièce, debout près de son hôte, un verre de madère à la main.

Lorinda s'avança, bien droite, agitant son petit éventail.

– Ma chère, je crains de ne pas vous avoir prévenue que le Révérend Trévenian nous faisait le plaisir de partager notre table ce soir, annonça M. Hayle.

– C'est un grand plaisir, en effet, monsieur le pasteur, dit Lorinda en tendant la main.

– Votre mari m'a confié que j'étais votre premier invité. C'est un honneur pour moi, Milady.

– Vous avez célébré nos noces. Vous êtes donc le bienvenu, dit la jeune femme avec un sourire délicieux.

Elle reporta ce sourire sur son époux en espérant le voir surpris et déconcerté par son attitude. Mais il ne laissait rien paraître de ses sentiments. Il arborait sa froideur habituelle.

Le dîner se déroula de façon assez terne. M. Hayle et le pasteur s'absorbaient dans la liste des travaux urgents à effectuer pour l'église : ils seraient sans nul doute financés par le nouveau nabab de la paroisse!

Lorinda écoutait avec patience la longue énumération des matériaux nécessaires, tandis que les plats se succédaient. Bientôt une profonde fatigue s'abattit sur elle.

Les effets du sursaut d'énergie qui l'avait portée à se faire belle et à descendre affronter son bourreau commençaient à se dissiper. La souffrance causée par ses plaies allait en augmentant. Lorinda sentait les pulsations de son sang à travers son dos douloureux, et un étau lui enserrait les tempes.

Son appétit disparut. Elle ne toucha plus à son assiette car la moindre bouchée lui soulevait le cœur. Elle parvint à boire un peu de bordeaux mais aussitôt sa tête lui tourna; il lui semblait qu'elle allait s'effondrer et que le sol allait s'ouvrir pour l'engloutir.

« Je vais m'excuser auprès de ces messieurs et gagner ma chambre... » se disait-elle.

Toutetois, il était dommage qu'après tant d'efforts, la simple lassitude physique vienne à bout de son courage!

Elle n'avait pas mangé après le petit déjeuner. Sa longue marche pour ramener Indira le plus doucement possible l'avait épuisée.

Le Révérend parlait à présent des vitraux de l'abside. M. Hayle avait l'air extrêmement averti de tout ce qui touchait à l'art du vitrail; il discutait avec science des diverses variétés de verre, et des couleurs les mieux adaptées au style de l'édifice.

C'était fort ennuyeux et fort long, mais la conversation la plus spirituelle n'aurait pu captiver Lorinda. Elle voulait employer ses dernières forces pour tenir jusqu'à la fin du repas.

Le dessert fut servi et le couvert enlevé. On disposa sur la table des verres à liqueur et plusieurs carafons de cristal taillé. Le moment arrivait enfin où les femmes s'en vont au salon tandis que les hommes s'attardent autour de la table, à discuter de leurs sujets favoris.

Lorinda n'avait plus besoin de jouer le rôle d'une auditrice attentive, en faisant taire sa douleur et en gardant le dos bien droit.

– Messieurs, réussit-elle à dire d'une voix claire, je vous laisse...

Tout à coup, elle se sentit incapable de se lever. Elle recula son siège et, au prix d'un élan surhumain, elle se mit debout.

Les murs dansaient autour d'elle et la porte lui paraissait au bout du monde. Son mari, poliment, gagna le seuil pour lui ouvrir le battant.

Un brouillard passait devant les yeux de Lorinda; dans ses oreilles résonnait un bourdonnement aussi fort qu'un roulement de tambour.

« Tu ne faibliras pas, ma petite! se disait-elle. Il s'attend à te voir tomber. Cela lui ferait certainement très plaisir! Mais il ne rira pas de moi! »

Ses jambes lui semblaient peser des tonnes; elle les contraignit à lui obéir et, d'une démarche presque normale, elle traversa la pièce au parquet luisant, puis elle passa l'embrasure de la porte.

Elle était passée... Elle avait gagné!

Quand elle entendit le léger déclic de la porte derrière elle, la brume qui l'enveloppait devint ténèbres et elle s'effondra sur le sol. Que c'était bon de sombrer dans l'oubli!

Durstan Hayle avait perçu le bruit étouffé de sa chute. Il rouvrit la porte, se pencha pour la prendre dans ses bras et se dirigea vers l'escalier.

6

Lorinda reprit conscience au cours du trajet. Elle découvrit avec surprise que son mari la portait. Mais, au lieu d'éprouver une vive répulsion à se trouver ainsi contre son bourreau, elle se sentit en paix et rassurée.

Elle ne raisonnait pas clairement; elle reconnut le corridor, puis les tentures bleues de sa chambre.

Quand son mari la déposa doucement sur la courtepointe de son lit, sa souffrance revint, plus violente que jamais, et elle s'évanouit à nouveau.

Durstan Hayle tira vivement le cordon de sonnette et une minute plus tard une servante arrivait en hâte.

– Occupez-vous de Milady! ordonna-t-il. Elle ne se sent pas bien.

Et il quitta la pièce aussitôt.

Des sels ranimèrent Lorinda. Elle était très faible et prête à fondre en larmes : elle subissait le contrecoup des émotions de la journée.

La caméριste lui proposa de la dévêtir, mais Lorinda ne voulait pas laisser voir ses bandages. Elle déclara qu'elle était trop lasse pour se déshabiller; tant pis si la robe était chiffonnée; elle n'ôterait que ses bas et ses souliers.

Malgré le laçage serré de son corsage, elle dormit comme un enfant, d'un sommeil profond et réparateur. Et, quand la même servante vint ouvrir sa fenêtre le lendemain matin, elle lui demanda un copieux petit déjeuner.

– Avez-vous entendu la tempête, Milady? Je n'ai pu fermer l'œil, annonça la femme de chambre. Plusieurs arbres ont été cassés dans le parc. Et il paraît que des bateaux ont coulé en mer.

Lorinda se cala contre ses oreillers. Son dos la faisait moins souffrir. Peut-être les plaies étaient-elles moins profondes qu'elle ne l'avait cru.

Un vent violent chassait les nuages dans le ciel gris et courbait les branches des hêtres qui ornaient la pelouse.

– Je dois vous dire un message de mon maître, Milady. Avec son secrétaire, il est parti voir les dégâts. Il ne sera pas rentré avant l'heure du déjeuner.

Lorinda se renfonça dans son lit avec un soupir de soulagement. Elle serait tranquille jusqu'à midi. En dépit de son excellente nuit, elle n'était pas fâchée de s'offrir une grasse matinée.

Elle dévora ce qu'on lui servit et somnola jusque vers onze heures. Puis, sentant les forces lui revenir, elle se leva, changea ses pansements et constata que ses blessures guérissaient rapidement.

Elle descendit ensuite au salon, vêtue d'une robe blanche et d'un spencer de la nuance de ses yeux. Ses cheveux étaient coiffés avec simplicité; ses joues avaient retrouvé leur fraîcheur et elle n'avait pas eu besoin de fard.

Le majordome lui apprit que le maître ne tarderait pas; en effet, quelques minutes plus tard, M. Hayle la rejoignait.

Elle leva le regard vers lui avec quelque appréhension. C'était la première fois qu'ils se retrouvaient en tête à tête depuis qu'il l'avait frappée.

Lorinda n'avait pas envie de rouvrir leur querelle. Ce fut avec soulagement qu'elle l'entendit annoncer :

– Nous nous en tirons à bon compte! Deux toits de granges ont été soufflés par la tempête et un arbre est tombé sur une clôture, mais on ne déplore aucun accident de personne.

Il se servit un verre de xérès.

– Prendrez-vous quelque chose? proposa-t-il. Un peu de madère?

– Non, merci.

– Si nos terres ont peu souffert, par contre les dommages ont été sérieux en mer. On signale plusieurs naufrages. Et des falaises se sont éboulées. Les contrebandiers ont pâti de la tempête!

– Les contrebandiers...

Hayle se tourna vers sa femme en souriant :

– « L'anse de Keverne » est bloquée.

Lorinda pâlit.

– Oh! murmura-t-elle. Etait-ce vous?...

– Je me demandais si vous m'aviez reconnu.

– Pour quelles raison étiez-vous intervenu? Qu'aviez-vous de commun avec moi, à cette époque?

Durstan Hayle vint s'adosser à la cheminée. Il ne

regardait pas sa femme; il gardait les yeux sur son verre qu'il faisait tourner entre ses doigts.

– J'avais deviné vos intentions, dit-il enfin.

Lorinda renversa la tête en arrière car il la dominait du haut de son mètre quatre-vingts.

– Cela ne vous concernait pas, monsieur!

– Je connais un peu les passeurs; quelques-uns d'entre eux logent sur mon domaine. Ce ne sont pas de mauvais garçons, et je n'interromprai pas une tradition cornouaillaise fort ancienne, mais ces hommes peuvent à l'occasion se montrer... brutaux.

– Ils ne m'auraient pas fait de mal! Je suis une fille du pays! J'ai joué avec eux lorsque j'étais enfant.

Il remarqua avec un sourire :

– Vous n'êtes plus une enfant.

– Je voulais simplement leur proposer une participation à leur trafic. Rien de plus.

Hayle traversa le salon pour emplir à nouveau son verre. Tournant le dos à la jeune femme, il lança :

– Vous ne vous regardez jamais dans une glace?

Puis il gagna une fenêtre où il resta un moment à admirer le parc, en buvant son xérès.

Lorinda ne savait que dire. Elle le regardait avec stupeur, l'esprit en déroute. Avait-il vraiment voulu lui faire un compliment? C'était bien le premier qu'elle recevait de lui!

Le majordome annonça que le repas était servi. Le pasteur n'était plus là pour occuper Durstan, mais Lorinda n'éprouva aucune gêne pendant le déjeuner.

Les effets de la tempête s'étaient fait sentir plus gravement au Prieuré; son mari put lui en donner un compte rendu exact.

– C'est surtout là que les falaises ont cédé, expliqua-t-il. En certains points des épaisseurs de plusieurs mètres se sont effondrées.

La jeune femme connaissait la nature de ces roches granitiques : elles étaient formées de couches feuilletées qui se décomposaient au contact de l'air salin.

Ce phénomène donnait à la côte un aspect caractéristique. Le pittoresque y gagnait, mais non pas la sécurité. Il était dangereux de s'aventurer trop près des à-pics.

– Le vent diminue, Dieu merci, conclut Durstan. Toutefois, les vagues sont encore très fortes. Elles charrient des épaves.

– A-t-on mis des barques à la mer pour rechercher les naufragés?

– C'est encore trop tôt. Il faut attendre l'accalmie.

Tous deux se levèrent de table et Hayle sortit sur le perron pour se remettre en selle. Il n'avait pas fini la tournée de son domaine.

César le suivit mais Brutus resta près de Lorinda; il était venu gratter à la porte de sa chambre dans la matinée. Il quêtait des caresses et il était demeuré sagement sur la descente de lit tandis qu'elle s'habillait pour le déjeuner.

Lorinda se pencha vers lui et flatta son dos; elle eut une idée.

– Si nous allions nous promener, nous aussi?

Au mot de promenade, le chien remua la queue d'un air joyeux. Lorinda courut chercher un grand chapeau de paille pour protéger son teint au cas où le soleil ferait une apparition; elle l'attacha solidement sous son menton par des rubans.

Dans le parc, la jeune femme découvrit de nombreuses traces de l'ouragan. Les roses étaient échevelées, des pétales arrachés jonchaient le sol, d'autres fleurs avaient été touchées et des branches cassées déparaient les pelouses. Des jardiniers s'affairaient à réparer les dégâts.

Lorinda se laissa guider par Brutus qui avait envie de se dégourdir les pattes. Il courait en jappant, décrivait des cercles à toute vitesse et s'élançait à la poursuite d'oiseaux ou de lapins.

Ils avaient depuis longtemps traversé les jardins quand Lorinda entendit le bruit de l'océan. Bientôt, elle découvrit l'horizon marin.

Sous l'effet du vent, les vagues plus grises que bleues se couronnaient d'écume et se lançaient à l'assaut du rivage en projetant de grandes gerbes d'embruns qui montaient presque aussi haut que les falaises.

La jupe de Lorinda s'enroula autour de ses chevilles et son chapeau faillit s'envoler; elle le retint des deux mains.

Le soleil perçait entre les nuages. Il était chaud et revigorant. Lorinda s'assit au pied d'un pin et se rappela le jour où elle avait lutté dans le bois contre Durstan.

Elle aurait voulu lui demander pourquoi il se trouvait en cet endroit, comment il avait deviné son identité malgré son déguisement masculin, et pour quelle raison il avait voulu l'éloigner des contrebandiers.

C'était surtout cette dernière question qui lui importait.

Etait-il possible qu'en dépit de son mépris visible et permanent, il eût pour elle un peu d'admiration?

Non, elle ne parvenait pas à y croire.

Un homme qui éprouverait pour elle de l'attirance ne la traiterait pas comme il l'avait traitée. Pourtant, il l'avait complimentée, à sa façon...

« Je n'arriverai jamais à le comprendre! se dit-elle. C'est une énigme. Il ne ressemble à personne. »

Depuis quelques minutes elle avait perdu Brutus de vue, et elle se rappela le danger des falaises, encore plus grand après de fortes averses. Petite fille, on ne lui permettait pas d'aller seule au bord de la mer. Quelqu'un la tenait toujours par la main, et elle ne s'approchait jamais du surplomb très friable.

De là où Lorinda se tenait, un peu en retrait, le spectacle était un enchantement. Sous les rayons du soleil les vagues n'étaient plus grises mais d'un vert étincelant.

« Quel peintre aurait assez de talent pour rendre ces nuances merveilleuses? » rêvait-elle.

Un aboiement la fit sursauter. Elle regarda autour d'elle, cherchant Brutus, mais elle ne le découvrit pas. Les jappements reprirent; ils s'élevaient juste devant elle : ils provenaient de la falaise!

Lorinda bondit sur ses pieds, courut vers le bord de la falaise et comprit ce qui s'était passé; en se promenant au hasard, le nez collé au sol, Brutus avait atteint l'extrême limite des rochers qui avaient cédé sous son poids!

Se mettant à genoux, la jeune femme put le voir. Il était tombé en contrebas, sur une étroite saillie, à un mètre du bord et tenait dans un équilibre précaire.

Pour le moment il ne risquait rien; toutefois, le vide pouvait lui donner le vertige et il se fracasserait alors sur la grève où roulaient les vagues.

Progressant avec prudence, rampant sur les mains et les genoux, Lorinda lui tendit les bras; mais le chien était situé hors de son atteinte, même s'il se dressait sur les pattes arrière.

– Assis! commanda-t-elle.

L'animal obéit docilement, les yeux fixés sur Lorinda, confiant et rassuré.

La jeune femme l'était beaucoup moins. Elle n'avait pas la force physique de le tirer par son collier comme l'eût fait un homme, et elle ne se sentait pas assez sûre d'elle pour oser descendre sur la mince corniche.

Elle devait trouver de l'aide.

– Sage, mon Brutus, lui dit-elle d'une voix douce. Attends-moi sans bouger.

Priant le Ciel qu'il ait compris et qu'il reste immobile, Lorinda recula avec précaution. Quand elle jugea le sol assez ferme, elle se releva. Il fallait trouver de l'aide tout de suite, sinon Brutus s'impatienterait et se mettrait à remuer.

Le château était loin. Aucune ferme n'était en vue. Lorinda courut dans le chemin qu'elle avait pris en venant.

Elle fouillait du regard les prairies voisines, espérant y découvrir quelque paysan, lorsqu'elle aperçut, dans le lointain, la silhouette d'un cavalier.

Elle l'appela mais le vent déportait sa voix; elle ôta son chapeau et l'agita au-dessus de sa tête.

Le cheval était entièrement gris : c'était Akbar!

Elle fut obligée de crier, avec ses mains en porte-voix, et de secouer sa capeline à grands gestes avant d'attirer l'attention de son mari. Celui-ci fit aussitôt tourner sa monture et galopa dans sa direction.

Lorinda le regardait s'approcher avec soulagement.

Avant qu'il ait eu le temps de la questionner, elle accourait vers lui.

– Brutus! Il est tombé! Là-bas, dans les falaises! Durstan, je vous en supplie, venez le sauver!

– Allons-y!

Il se penchait vers elle en lui répondant. Lorinda lui tendit les bras et il la souleva de terre pour l'asseoir devant lui sur la selle.

La tenant du bras gauche, il dirigeait Akbar de l'autre main.

– Où est-il? demanda-t-il.

Elle lui montra le sentier, à peine plus large qu'un chemin de chèvres. Le cheval s'y engagea.

– Je ne sais pas comment cela s'est produit! reprit Lorinda sur un ton d'excuse. Je regardais la mer. Il tournait autour de moi...

Elle était si désolée qu'elle se moquait bien d'être appuyée contre la poitrine de M. Hayle. En ôtant son chapeau elle avait un peu dérangé sa coiffure et des mèches rousses agitées par le vent s'accrochaient à la veste de son mari.

– Je lui ai dit de rester sage et de m'attendre, continuait-elle. J'espère qu'il a compris. Croyez-vous qu'il m'obéira comme à vous?

– J'en suis certain.

Ils se trouvaient en vue de la mer.

– C'est ici! cria Lorinda en tendant la main.

Durstan Hayle fit stopper Akbar. Il sauta lestement à terre et souleva Lorinda pour la déposer près de lui. Puis il chercha un tronc d'arbre où attacher son cheval.

– Surtout, ne m'accompagnez pas! dit-il à la jeune femme. Vous appellerez Brutus.

Il s'approcha du bord à genoux puis s'allongea dans l'herbe. Lorinda l'entendit parler à son chien : il était bien là. Aucun malheur ne lui était arrivé!

La main posée sur le cou d'Akbar, elle regardait son mari avancer, de plus en plus près de l'abîme, avec des mouvements calmes et assurés. Il passa une jambe par-dessus le rebord et descendit.

– Faites attention! Soyez prudent!

M. Hayle n'entendit pas, ou ne prêta pas attention à ses conseils. Sa tête brune disparut.

Lorinda retenait son souffle. Elle vit bientôt Brutus apparaître, vigoureusement poussé vers elle.

– Ici, mon bon chien! Brutus, ici!

L'animal courut jusqu'à elle en aboyant joyeusement. Lorinda le serra sur son cœur, incapable de dire un mot tant elle était heureuse et soulagée.

Puis elle releva les yeux, pensant voir apparaître son mari à son tour. Ses mains surgirent, et ensuite son visage souriant. Soudain elle l'entendit pousser un juron : il y eut un bruit violent suivi d'une série de heurts plus faibles. Les murailles de granit s'en renvoyèrent l'écho.

Quand le calme revint on n'entendit plus que le choc des vagues. Lorinda était figée d'horreur; au bout de quelques secondes elle se dirigea vers l'endroit où Durstan avait disparu.

– Sage, Brutus, assis! ordonna-t-elle d'une voix étranglée.

Elle regarda dans le vide et poussa un cri de terreur. La saillie qui avait supporté Brutus et son maître avait cédé. Au bas de la falaise, un peu plus haut que le niveau de la mer, on pouvait voir une forme humaine, étendue, les bras en croix.

Durstan Hayle était tombé le visage contre terre et une avalanche de pierres l'avait à demi recouvert.

Il ne faisait pas un mouvement. Il était inconscient... à moins qu'il ne fût mort!

Le temps s'était arrêté pour Lorinda. Elle était incapable de faire un geste ou d'assembler deux idées.

Puis elle eut un frisson : il fallait le sauver, il fallait agir!

Elle recula et courut vers Akbar. En quelques secondes elle l'avait détaché, bondissait en selle et se lançait en direction du château. Sa robe très ample lui permettait de se tenir à califourchon. Suivie par Brutus, elle poussait le pur-sang et l'encourageait de la voix.

Le trajet n'était pas long mais il parut à Lorinda qu'une heure s'était écoulée avant qu'elle n'atteigne les écuries.

Elle donna l'alarme et fit chercher le premier secrétaire. Il se présenta en courant.

– Est-ce vrai, Milady, M. Hayle est tombé de la falaise?

– Il s'est porté au secours de Brutus et les roches ont cédé sous son poids. Peut-on aller le chercher en canot?

– Impossible, Milady. Nous devrons attendre que la mer se calme. Les vagues sont beaucoup trop fortes. Une embarcation s'écraserait contre les rochers.

– Nous allons donc l'atteindre en descendant le long de la paroi. J'ai donné l'ordre de rassembler des cordes.

Le visage du secrétaire était fermé et inquiet. Il était sur le point de faire une objection mais Lorinda lui coupa la parole :

– Trouvez-moi des couvertures, un oreiller, du rhum! Vite!

– Bien, Milady...

Et il se précipita vers le château. Les palefreniers sellaient des chevaux. Quelqu'un vint s'occuper de Brutus.

Finalement Lorinda prit la tête d'une petite troupe; elle montait Akbar en amazone; six hommes la suivaient.

Sur la falaise, un domestique resta près des chevaux tandis que Lorinda conduisait les autres sur le lieu du drame. Ils se penchèrent au-dessus du vide et découvrirent le corps de leur maître, toujours immobile.

Le ressac se brisant près de lui le couvrait de gouttes d'eau et d'écume; les vagues étaient encore grosses : le secrétaire avait raison, une barque se serait fracassée.

– Fixez les cordes sur la gauche, commanda la jeune femme. Il me semble que la falaise y est moins haute, et des pins poussent près du bord.

– Les rochers ne sont pas sûrs, Milady! s'exclama l'un des sauveteurs. La pierre s'effrite dès qu'on la touche. Ce serait une folie que de vouloir descendre!

– Je vais vous montrer, c'est très simple, assura la jeune femme.

Les hommes la suivirent à contrecœur, prêts à refuser.

– Vous allez m'attacher avec une corde et vous me retiendrez, de là où nous sommes. Je descendrai lentement et quand je serai en bas, je vous crierai de lâcher.

– Impossible, Milady! Vous ne ferez pas une chose pareille! C'est l'un de nous qui doit descendre.

– Je suis la plus légère. Et c'est moi qui commande en lieu et place de mon mari. Vous ferez ce que je vous ai dit de faire.

Elle commença à nouer une corde autour de sa taille et de ses épaules.

– Vous me lancerez ensuite les couvertures et l'oreiller. Ne vous approchez pas du bord, car vous pourriez causer une nouvelle chute de pierres. Quant au rhum, je l'emporte avec moi.

Elle glissa la petite bouteille dans la poche de son spencer, vérifia les nœuds de son harnais et se dirigea vers la falaise.

– Milady! supplièrent ses gens. Revenez! Vous pourriez vous blesser très gravement! Ce n'est pas une tâche pour une femme!

– Je grimpais aux arbres quand j'étais petite fille et je n'ai jamais eu le vertige. N'oubliez pas de faire tout ce que je vous ai dit.

Elle atteignit le rebord et se laissa glisser le long des rochers.

Au début, elle eut quelque peine à trouver des points d'appui. Elle posait les pieds avec précaution dans des trous, soucieuse de ne pas causer un nouvel effondrement. Ses doigts glissaient sur la pierre humide à cause des embruns. Elle restait parfois suspendue dans le vide, tournoyant, ne parvenant plus à se raccrocher nulle part.

Enfin, elle atteignit la terre ferme.

– Je suis arrivée, cria-t-elle. Tout va bien!

Et, en levant les yeux, elle vit un visage effrayé penché sur la falaise. L'homme lui fit un geste du bras et elle lui répondit de la même manière.

Ensuite, elle sauta par-dessus les rochers couverts d'algues pour rejoindre son mari. Ce n'était pas toujours facile car son chemin était coupé de profondes crevasses. Il y eut un moment horrible où elle crut perdre pied et tomber à la mer. Elle se rattrapa de justesse. Les vagues lui envoyaient des paquets d'écume et elle devait constamment s'essuyer le visage pour y voir.

... Il lui fallut longtemps pour atteindre le corps inerte de M. Hayle. Elle se mit fébrilement à ôter les pierres amoncelées sur lui, car elle voulait le retourner et voir son visage.

Il avait les yeux clos; une large plaie au front saignait beaucoup. Lorinda ne découvrit pas d'autres blessures. Il avait certainement plusieurs côtes brisées. Ses bottes de cheval avaient protégé ses jambes, et sa veste épaisse avait peut-être amorti le choc de ses bras. Heureusement qu'il ne l'avait pas enlevée avant de secourir Brutus!

Il était trempé par l'humidité de l'air.

– Attention! Gare là-dessous! entendit Lorinda.

Guidés par leur observateur situé un peu plus loin, les domestiques envoyaient les couvertures; elles tombèrent avec l'oreiller à quelques mètres de distance.

La jeune femme prit la plus grande et elle la plia en quatre près de son mari; elle réussit à le faire basculer dessus en le poussant avec précaution. Puis elle étendit les autres couvertures sur lui, et mit l'oreiller sous sa tête.

Durstan Hayle était à présent allongé sur le dos, toujours inconscient. Fallait-il lui donner un peu de rhum? Lorinda réfléchit, hésita sans oser se décider.

Elle regrettait amèrement de n'avoir aucune connaissance médicale. Les demoiselles de son milieu ne se mêlaient pas de soigner les malades, alors que les filles de fermiers savaient s'occuper des bêtes et des gens mal en point.

Lorinda se rappelait seulement qu'il fallait bouger le moins possible les victimes d'un accident, et les tenir au chaud.

Or la tiédeur du soleil diminuait car l'après-midi tirait à sa fin. Bientôt le soir tomberait. Cela signifiait que tous deux passeraient la nuit sur place.

Même si la mer se calmait dans une heure, il ferait trop sombre pour qu'un bateau puisse s'aventurer dans les récifs.

Lorinda était persuadée que le premier secrétaire mettrait tout en œuvre afin de les secourir dès l'aube. Pour le moment elle n'avait rien d'autre à faire que préserver son mari et elle-même contre le froid, le vent et l'humidité.

Elle passa une main légère sur le visage de Durstan Hayle. Les yeux fermés, il semblait beaucoup plus jeune. Quel âge avait-il au juste? Lorinda lui donnait trente-cinq ans, mais, à présent que son expression sévère l'avait quitté, il paraissait à peine la trentaine.

Ses cheveux étaient drus et fournis; son teint bronzé rappelait qu'il était rentré depuis peu des Indes. Y avait-il vécu longtemps? Lorinda eut un regret furtif de ne pas l'avoir interrogé sur ses années passées là-bas.

Il lui semblait très différent lorsqu'il prenait son air d'autorité ou son expression de mépris. Mais, à cette heure, il était un homme qui souffrait, et par sa faute à elle.

Elle avait le cœur serré d'y penser : si elle ne s'était pas dirigée vers la mer avec Brutus, aucun malheur ne serait arrivé. Toute la faute retombait sur elle. Une femme prudente aurait gardé le chien en laisse. A cause de son insouciance, M. Hayle pouvait mourir, si ce n'était déjà fait...

Lorinda se pencha pour saisir le souffle si ténu de sa respiration. Les rafales de vent l'empêchaient d'entendre et de sentir. Elle posa la main sur sa poitrine : son cœur battait-il encore?

Glissant les doigts entre les boutons de la veste, elle essaya de sentir une palpitation.

« Tout ce que j'ai fait depuis notre mariage a mal tourné! » se dit-elle en étouffant un sanglot.

Elle récapitulait en pensée sa robe jaune déchirée, sa fuite insensée de la veille, sa cruauté pour Indira. Elle frissonnait, non pas de froid mais de honte. Comment avait-elle pu se montrer si impitoyable envers la belle jument?

« Je le jure : plus jamais je ne porterai d'éperons! »

Comme elle ne parvenait pas à déceler le moindre mouvement, elle ouvrit la veste de son mari et posa la main à plat sur sa poitrine. Très faiblement elle perçut le cœur du blessé : il était vivant!

Elle se rappela que huit ans plus tôt des gamins qui cherchaient des œufs d'oiseaux avaient eux aussi été victimes d'un éboulement de la falaise; deux d'entre eux étaient morts sur le coup.

« Il s'agissait d'enfants... plus fragiles qu'un homme! » se dit Lorinda pour se rassurer.

Mais elle était affreusement inquiète.

La nuit tombait, amenant le froid. La meilleure chose à faire était pour elle de s'allonger à côté de son mari pour qu'ils se réchauffent mutuellement.

Elle se glissa sous la couverture et posa sa tête sur l'oreiller. Ses bras vinrent entourer Durstan. Elle voulait lui communiquer sa chaleur, son énergie et son élan vital.

Elle se surprit à lui parler comme à un enfant :

– Là, tout va bien! Tu as peut-être quelque chose de cassé mais ce ne sera rien! Ils se ressouderont et vous verrez que bientôt vous serez aussi fort qu'avant!

Son murmure n'était pas entièrement couvert par le bruit des vagues et produisait une petite musique réconfortante. Elle reprit :

– Vous êtes si grand et si vigoureux! Vous vous remettrez très vite!...

Les ténèbres étaient à présent complètes car le ciel, encombré de nuages, ne laissait pas voir la clarté de la lune et des étoiles. Dans tout ce noir, Lorinda commençait à perdre courage. Il lui sembla tout à coup que Durstan ne respirait plus.

Il paraissait encore plus inerte et perdait sa chaleur. Lorinda défit sa chemise pour poser l'oreille contre sa poitrine.

Le cœur battait toujours et elle poussa un petit cri de joie. Elle ne trouvait pas étrange de toucher un corps masculin et elle resta un moment la joue contre sa peau qu'elle trouvait douce et agréable.

Puis, craignant la fraîcheur de la nuit, elle recouvrit soigneusement son mari.

– Vous vivrez, Durstan! Il le faut. Je le veux!

Ses propres paroles la laissèrent interdite. Ainsi, elle désirait que vive son bourreau? L'homme qui l'avait contrainte à un mariage détestable? Celui qui ne montrait pour elle aucune considération ni aucune affection?

S'il mourait, elle resterait veuve, c'est-à-dire libre, indépendante, et fabuleusement riche!

Pourtant elle souhaitait du fond du cœur qu'il vécût.

Peut-être son vœu tenait-il au fait qu'elle était indirectement responsable de cette chute : elle ne voulait pas être responsable de son trépas, dû à sa négligence.

Mais, si elle était honnête envers elle-même, elle devait s'avouer qu'elle ne haïssait plus son mari. D'ailleurs comment détester un être sans défense, qui souffrait et qui avait besoin d'elle?

Pendant les heures suivantes, Lorinda lutta contre le sommeil. Il lui semblait que si elle restait réveillée, elle insufflait la vie à celui qu'elle tenait dans ses bras.

Elle éprouvait une étrange impression à se trouver si près d'un homme; jusque-là, elle avait toujours eu un mouvement de recul si Edward ou un autre tentaient de l'enlacer.

« C'est tout à fait différent! songeait-elle. Durstan ne me demande rien; c'est moi qui lui offre ce que je peux, ma présence, un certain réconfort... »

Une ou deux fois, le sommeil la saisit par surprise et elle se réveilla en sursaut, furieuse de s'être laissé vaincre. Elle pensait qu'elle avait failli à son devoir et ne pouvait se le pardonner.

Quand l'aube survint, elle priait, ce qui ne lui était pas arrivé depuis longtemps.

« Mon Dieu, sauvez-le! Faites qu'il se remette de sa chute, et du froid, et de l'humidité. Protégez-le comme j'ai essayé de le faire... »

Les mots venaient du fond de son âme.

Elle avait entendu dire qu'il était moins nocif de se faire mouiller par la mer que par la pluie. C'étaient peut-être des radotages de bonnes femmes. Elle ne pensait plus très clairement et elle avait tellement sommeil!

De toute façon, Durstan était resté au chaud; son cœur battait un peu plus fort; Lorinda gardait la main sur sa poitrine afin de suivre ses pulsations et elle était moins inquiète qu'au début de la nuit.

Le ciel s'éclaircissait et le bruit des vagues se faisait plus faible avec l'aube. La fureur de la tempête s'était calmée.

Aux premiers rayons du soleil Lorinda constata que la mer était moins agitée. Plus de panaches d'écume ni de nuages d'embruns sur les rochers! On n'entendait que le murmure calmé de la marée montante. Les sauveteurs ne tarderaient plus.

L'épreuve s'achevait. Bientôt, elle ne serait plus seule pour s'occuper du blessé; il ne saurait peut-être jamais ce qui s'était passé cette nuit. Mais elle s'en souviendrait toujours.

Elle regarda le visage paisible de M. Hayle et songea qu'elle le considérait à présent plus comme un fils que comme un époux. Elle lui avait prodigué son attention et ses soins; il était resté contre elle aussi confiant qu'un enfant.

Elle se demanda ce que l'on ressentait en devenant mère.

« Si j'ai un enfant à moi, se promit-elle, je ne lui laisserai jamais croire qu'il n'a pas été désiré! »

Elle-même n'avait pas été la bienvenue dans sa famille. Son père avait souffert de ne pas avoir de garçon et il ne lui avait jamais témoigné beaucoup d'affection. Il allait même parfois jusqu'à la détester ouvertement.

Sa mère n'avait pu l'aimer pour deux. Très éprise de son mari, elle se consolait mal de lui avoir donné une seule fille.

« On tenait si peu à moi, et je n'ai eu personne à chérir... »

Voilà pourquoi elle avait résolu de se faire une place dans le monde, une place brillante et sans égale. Elle était devenue la reine de la bonne société londonienne pour se prouver qu'elle avait autant de valeur que n'importe qui.

Elle se plaisait à dire :

– Je me suffis à moi-même! Je n'ai besoin de personne!

Or c'était faux. Elle avait toujours désiré ouvrir son cœur, offrir son affection à quelqu'un – elle ne savait trop à qui –, peut-être à un inconnu qui aurait besoin d'elle.

Il n'était pas question de relation amoureuse : en vérité, la passion lui faisait peur. Elle préférait une tendresse plus spirituelle que physique, comparable au sentiment qu'éprouve une sœur ou une mère.

Le soleil devenait plus vif et plus chaud. Lorinda leva les yeux et découvrit qu'une barque, menée par six rameurs, doublait la falaise.

Durstan serait bientôt en sécurité, et elle aussi.

Le bateau avançait vite sur la mer calmée; Lorinda se mit à genoux et leva le bras en geste d'accueil. Elle était soulagée de voir arriver les sauveteurs mais, en même temps, elle éprouvait comme un léger regret : à partir de cet instant, elle ne serait plus seule avec son mari...

★

Les jours suivants furent un cauchemar. Un docteur arriva de Falmouth; c'était le meilleur praticien dans un rayon de trente lieues, assura le secrétaire.

Mais il parut à Lorinda peu averti des conséquences que provoque une chute d'environ dix mètres, chez un homme de l'âge et de la taille de M. Hayle.

– Il a certainement des côtes brisées, assura-t-il; je ne saurais vous dire combien. Je trouve son poignet droit en mauvais état. Quant à la blessure du front...

– Il n'a toujours pas repris conscience! Et nous sommes au troisième jour!

Le médecin haussa les épaules.

– Ces commotions cérébrales sont déconcertantes, Milady. Votre mari est très grand, et forcément lourd. S'il est tombé sur la tête, nous aurons des complications.

– Quelles sortes de complications?

Le docteur restait dans le vague; il parla d'hémorragie cérébrale, dit que c'était très difficile à diagnostiquer, puis raconta une longue histoire sur un patient qui était demeuré trois semaines dans le coma après un accident, avant de se réveiller aveugle.

Ce n'était guère encourageant! Lorinda, pour se rassurer, décréta que ce vieil âne ne connaissait rien en dehors des plaies ouvertes.

Quand il prenait congé après ses visites, la jeune femme remontait tristement dans la chambre du roi et regardait le corps inerte de son mari, ses yeux clos, sa bouche silencieuse. Elle craignait qu'il ne retrouve plus jamais ses esprits.

Dans cette épreuve, elle fut soutenue par un certain Gribbon, le valet de M. Hayle. Ce petit homme sec et nerveux avait accompagné Durstan aux Indes et le servait depuis des années.

C'était le seul recours de Lorinda, son môle de salut.

– Voyons, Milady! grognait-il gentiment lorsqu'il la voyait se désoler. Moi qui l'ai soigné pour la malaria, la fièvre typhoïde et des quantités de maladies tropicales, je vous prédis qu'il s'en sortira cette fois aussi.

– Il est si pâle! Et il maigrit de jour en jour...

– Ce n'est rien à côté de ce qu'il était devenu à Bombay, lors de son troisième accès de paludisme! Il n'avait plus que la peau sur les os! Mais dès qu'il s'est remis à manger, tout est rentré dans l'ordre. Non, Milady, surtout ne vous désespérez pas. Dans un mois vous le verrez courir de tous côtés.

Lorinda aurait voulu engager une garde compétente mais, dans cette région de la Grande-Bretagne, il n'y fallait pas songer. Les seules personnes disponibles étaient de vieilles sages-femmes qui ne travaillaient plus et qu'aucune maîtresse de maison n'aurait aimé recevoir sous son toit.

C'était donc à elle de veiller sur son mari. Toutefois, Gribbon avait eu son mot à dire. Pour lui, le malade était « son malade ». Il ne voulait pas le lâcher de la journée, il faisait sa toilette et le rasait, ne daignant laisser la place à Lorinda que le soir.

Celle-ci passait la nuit au chevet du blessé et dormait dans la matinée. Elle revenait prendre sa faction un peu après l'heure du thé, après une promenade avec les chiens dans l'après-midi.

Gribbon tenait à ce qu'elle sorte tous les jours, puisqu'elle était capable de prendre l'air tandis que son maître ne le pouvait pas.

– Je ne veux pas avoir deux malades sur les bras,

Milady! affirmait-il avec l'autorité permise à un vieux domestique.

Puis il avait eu l'idée que de la musique jouée en sourdine ferait du bien à M. Hayle, même s'il était plongé dans l'inconscience.

– Il y a un clavecin dans la pièce à côté, avait-il proposé. Pourquoi ne pas en profiter? Mon maître a toujours aimé la musique.

– Je l'ignorais...

– Aux Indes, il avait coutume d'écouter une belle dame qui jouait du sitar à la perfection. Et vous me croirez ou non, mais ce n'est pas parce que nos voix n'atteignent pas sa conscience qu'un air n'y parviendra pas...

Pour la première fois, Lorinda fit usage du boudoir qui séparait les deux chambres d'honneur. D'après le mobilier, les tentures et les tableaux, il était facile de voir que cette pièce avait été conçue pour une femme. Il n'y avait rien de masculin dans ses couleurs ni dans son style, assortis à ceux de la chambre de la reine.

Le clavecin fut rapproché de la porte, qu'on ouvrait largement pour que Lorinda puisse voir son mari pendant qu'elle jouait. Certes, ses talents n'étaient pas comparables à ceux de la mystérieuse Hindoue, songeait-elle avec dépit. Qui pouvait être cette femme? Quel rôle avait-elle tenu dans la vie de M. Hayle?

« Je ne connais rien de lui! pensait-elle en soupirant. Sauf qu'il me blâme et me reprend dans tout ce que je fais! »

Et, pourtant, il avait tenu à l'épouser... Avait-il donc tellement besoin d'une femme au sang bleu?

En le voyant calme et digne dans son lit, elle avait du mal à le traiter de parvenu sans culture ni distinction. Son profil était noble, ses mains longues, son expression plus sobre et plus racée que chez maintes personnes de la haute société.

Quinze jours après l'accident, Lorinda rentrait de l'une de ses sorties avec Brutus et César quand le majordome vint à sa rencontre.

– Milady, quelqu'un vous attend au salon. C'est un homme d'affaires venu de Londres. Il désirait parler au maître, mais je lui ai appris que celui-ci était malade. Aussi m'a-t-il répondu qu'il serait heureux d'échanger quelques mots avec vous.

– Je ne pourrai pas lui être d'un grand secours, je le crains. Pourquoi n'a-t-il pas demandé l'intendant? Ou le premier secrétaire?

– C'est ce que je lui ai proposé, Milady, mais il a insisté pour vous voir en personne.

– Bien. Je vais le rencontrer.

Lorinda ne comptait guère lui accorder de temps, car elle avait hâte de monter au premier étage pour retrouver son blessé.

Le majordome la conduisit jusqu'au petit salon où elle trouva un homme d'un certain âge, au visage rose et aux cheveux gris.

A sa vue, il se leva aussitôt.

– Lady Lorinda Hayle, je présume?

– En effet. Bonsoir, monsieur.

– J'appartiens à la firme Hickman et Links, expliqua le visiteur. Ebénézer Hickman, pour vous servir. Nous sommes les fondés de pouvoir de Lord Penryn.

– Lord Penryn? Je croyais la famille éteinte!

M. Hickman eut l'air gêné.

– Je ne voudrais pas être indiscret... L'actuel Lord Penryn se fait encore appeler M. Hayle. C'est le nom sous lequel il est parti pour les Indes.

Lorinda ouvrait de grands yeux.

– Mon mari serait donc le descendant du vieux lord qui possédait ce château?

– Oui, il est son petit-fils. Il a hérité du titre à la mort de son père, voici quatre ans. Mais, pour une raison que j'ignore, il a préféré vivre sous son ancienne identité.

– Pour quel motif avait-il adopté le nom de Hayle?

– Oh, c'est une longue histoire! Il a eu quelques démêlés avec ses parents lorsqu'il a choisi la voie du négoce. Il paraît que ce n'était pas digne d'un Penryn. Aussi a-t-il travaillé sous un pseudonyme. Il a montré qu'il n'avait pas besoin d'un nom pour faire fortune!

La jeune femme restait silencieuse. Elle avait plusieurs fois lancé au visage de M. Hayle qu'il ne s'était marié que par snobisme. Or, si les Camborne étaient d'extraction ancienne et d'authentique noblesse, la famille Penryn remontait bien plus loin dans le temps et s'était brillamment illustrée durant l'histoire de la Cornouailles.

M. Hickman ouvrait une petite valise noire; il en sortit plusieurs feuillets.

– J'ai apporté les actes requis par Lord Penryn. Il n'y manque plus que votre signature et la sienne.

– Ma signature? Est-elle vraiment nécessaire?

– Absolument : ces documents vous concernent! Voici les papiers de donation relatifs à une somme de cent mille livres et à une maison située à Londres, dans le quartier de Kensington. Vous aurez toute liberté d'user de l'argent, par contre, la maison ne vous est cédée qu'en viager; elle reviendra ensuite aux Penryn.

Chaque parole du fondé de pouvoir transperçait le cœur de Lorinda. Si vite après leur mariage, M. Hayle avait donc voulu se débarrasser d'elle? Quelques jours avaient suffi à le dégoûter de son épouse!

Elle crut voir les murs tourner autour d'elle. S'appuyant au dossier d'un fauteuil, elle protesta :

– Je ne veux ni de l'un ni de l'autre!

M. Hickman disposait les feuillets sur une table.

– Vous pensez ainsi parce que vous êtes une jeune mariée. Vous croyez que rien ne saurait se mettre en travers de votre bonheur. Mais fiez-vous à ma vieille expérience : il est toujours sage pour une épouse d'avoir les moyens de mener une existence indépendante. Quels que soient les événements qui surviendront, quelles que soient vos difficultés, vous pourrez être votre propre maîtresse et vous aurez un toit où vous abriter.

Cet homme n'était pas impertinent. Il parlait en père de famille qui prévient sa fille contre les écueils éventuels du mariage.

D'autre part, M. Hickman devait connaître la nature impérieuse de M. Hayle, ainsi que les côtés quelque peu déroutants de son caractère. Il cherchait peut-être à la mettre en garde contre une trop grande confiance.

Mais Lorinda n'avait pas besoin de tels conseils : elle savait son mari difficile à comprendre et toujours imprévisible. Depuis qu'elle l'avait rencontré, il n'avait cessé de l'étonner. Ce qui la surprenait le plus, c'était sa décision soudaine de lui rendre sa liberté; il l'avait sans doute prise la veille de son accident. Pourtant, elle se souvenait qu'il s'était donné tant de mal pour la contraindre à l'épouser!

Deux semaines plus tôt, elle aurait accueilli cette offre généreuse avec soulagement. Elle aurait pris l'argent et serait rentrée à Londres, heureuse de quitter le château et son atmosphère oppressante.

Aujourd'hui, elle avait changé d'avis!

Elle ne pouvait plus partir. Elle n'en avait nulle envie.

Elle déclara :

– Je vous remercie très sincèrement, M. Hickman, d'avoir pris la peine de venir jusqu'ici. Vous savez sans doute que mon mari est souffrant. Il a eu un grave accident. Je ne peux prendre aucune décision avant qu'il ait recouvré la santé et que nous ayons eu un entretien. Je suis navrée de vous répondre ainsi : vous avez fait, en vain, un long voyage.

– Votre majordome, en effet, m'a dit que Lord Penryn ne pouvait me recevoir. Dans les circonstances actuelles, je ne puis que me retirer. Voulez-vous me faire savoir quand mon client se sentira suffisamment remis?

– J'aimerais vous garder ce soir au château. Les chambres n'y manquent pas!

Le visiteur exprima ses remerciements et Lorinda le quitta rapidement pour se diriger vers la chambre de « Lord Penryn ». Son cœur était lourd comme elle montait l'escalier. Elle avait le sentiment de ne pas être la bienvenue dans cette demeure.

Peut-être trouverait-elle porte close? Peut-être des ordres avaient-ils été donnés pour qu'elle ne puisse plus approcher Durstan?

Mais tout semblait calme, comme à l'accoutumée. La pièce était dans l'ombre car on avait tiré les volets contre le chaud soleil d'août.

En la voyant, Gribbon se précipita à sa rencontre.

– Milady, ça y est : mon maître est revenu à lui!

– Quand?

– Voici une heure!

– Avait-il tout ses esprits?

– Oui, Milady! Il était encore dans le brouillard au début. Mais quand il a parlé, il semblait tout à fait normal.

– Qu'a-t-il dit?

– Pas grand-chose. « Diable, Gribbon, il m'est arrivé des ennuis! » Ou quelque chose de ce genre. Il avait soif. Je lui ai donné à boire et il s'est rendormi.

– Cela signifie que son cerveau n'a pas souffert. Merci, mon Dieu!

Lorinda tomba sur les genoux près du lit et enfouit son visage dans ses mains. Son cœur chantait de joie et de gratitude.

« Merci, Seigneur! Vous avez entendu ma prière. Il est sauvé! »

7

Lorinda fit courir ses doigts sur le clavier et joua en sourdine, puis elle se leva du tabouret pour entrer dans la chambre du roi.

Durstan était assis dans un fauteuil près de la fenêtre et, quand la jeune femme se pencha sur lui, elle constata qu'il s'était endormi.

Dans la matinée, il était sorti en voiture pour la première fois, et cette promenade au grand air l'avait fatigué. Il avait néanmoins refusé de se remettre au lit. Il était devenu un malade très difficile à manœuvrer.

Son état s'améliorait de jour en jour, mais non pas sa docilité. Il n'avait qu'un désir : reprendre ses activités au plus tôt.

Le docteur avait espacé ses visites. Durant la dernière semaine, il n'était venu qu'une fois, pour déclarer :

– Votre mari est comme neuf, Milady! Je ne veux plus entendre parler de lui!

Le brave homme avait ri de son trait d'humour et ajouté :

– Qu'il se repose encore pendant un mois. Pas de tournées à cheval, surtout! Rien qu'en voiture. Et gare aux chauds et froids!

Naturellement, Durstan s'était moqué de ces recommandations.

Tant qu'il était inconscient, Lorinda et Gribbon avaient régné en maîtres dans la chambre du malade mais, à présent, c'était terminé!

Lorinda s'assit sans bruit en face de son mari; elle le regardait dormir.

Chaque jour qui passait, il lui devenait plus cher. Au début, des soins constants étaient nécessaires; elle lui avait prodigué avec bonheur son dévouement, heureuse qu'il ait besoin d'elle, même s'il était un mari autoritaire et déconcertant.

Lorsqu'il avait repris conscience, une fièvre très forte s'était emparée de lui. Il avait pu avaler un peu de nourriture mais il s'était affaibli gravement et on avait craint pour sa vie.

Lorinda se sentait revenue aux pires moments de la nuit passée au pied de la falaise, quand elle écoutait son cœur pour savoir s'il vivait encore... Elle l'avait pris à nouveau entre ses bras, luttant pour le retenir dans le monde des vivants.

Il était devenu si léger! Ses joues s'étaient creusées; son nez semblait plus saillant et avait pris une courbure aristocratique plus évidente. La jeune femme passait un mouchoir sur son front en sueur où la grande blessure se cicatrisait lentement.

Il avait mis longtemps à reprendre des forces. Les côtes brisées s'étaient ressoudées; il s'était remis des contusions. Un peu de couleur était revenu à son visage dont le hâle avait disparu.

Le malade parlait très peu; il devait certainement taire sa souffrance. Il aimait entendre de la musique et Lorinda jouait pour lui jusqu'à ce qu'il s'apaise dans un doux engourdissement, comme à l'heure présente.

Délibérément, Lorinda l'avait tenu à l'écart de tous les soucis. Grâce à l'intendant, M. Ashwin, elle savait ce qui se passait dans le domaine et au Prieuré. Elle prenait les décisions utiles et donnait des ordres, espérant faire des choix que son mari approuverait.

Elle avait résolu de retarder les discussions sérieuses jusqu'au jour où il se sentirait totalement rétabli. Elle lui parlait des chevaux, des chiens, de la progression des travaux. Elle lui apportait de grandes brassées de fleurs dont elle garnissait les vases. Et elle lui faisait la lecture.

Il lui avait demandé un jour :

– Qui vous a enseigné à si bien jouer du clavecin ?

– Vous me flattez! avait-elle répondu avec un sourire. Je connais mes limites! A l'âge de douze ans, j'ai engagé les services d'un professeur qui venait chez nous tous les jours. Mais ensuite mon père a traversé une série noire aux cartes et a déclaré que mes leçons lui revenaient trop cher. Aussi ai-je dû attendre qu'un retour de la chance me permette de recommencer!

– C'est donc vous-même qui avez tracé le programme de vos études?

– Ah, si j'avais su combien l'éducation a d'importance!

Elle soupira et ajouta que pendant tout le temps où il était resté inconscient, elle s'était rendue chaque jour dans la bibliothèque.

– Je cherchais un roman, une œuvre distrayante. Mais quand j'ai vu tous les livres intéressants que vous possédez, sur tous les sujets, mon ignorance m'a fait honte!

– Et qu'avez-vous choisi, finalement?

– Je ne peux rien reprocher à mes institutrices : en fait, je n'en ai eu qu'une seule, et encore maigrement payée. Elle ne m'a pas appris grand-chose!

– Dans quel domaine s'est fixé votre choix?

– J'ai pris un livre sur l'Inde, car...

Lorinda s'arrêta net. Elle avait failli trahir son intérêt pour l'existence passée de son époux. Elle reprit d'un air léger :

– Gribbon m'a dit monts et merveilles sur ce pays. Aussi ai-je voulu en savoir plus.

Elle ne précisa pas que l'ouvrage en question était un recueil de peintures qui montraient notamment de fort belles danseuses hindoues.

Quand elle avait jeté les yeux sur ces créatures

aux yeux noirs et aux cheveux de jais, une pointe de jalousie était venue la pincer : c'était certainement là le type de beauté que Durstan Hayle appréciait pendant son séjour dans ce pays!

Depuis son retour en Angleterre, il ne s'était sûrement pas pris d'admiration pour les femmes rousses, car il regardait Lorinda évoluer dans sa chambre avec la même expression impénétrable, et il ne lui demandait jamais de rester plus longtemps quand elle manifestait l'intention de se retirer.

Toutefois, la jeune femme savait qu'elle lui était utile, et même indispensable : elle prévenait tous ses désirs, elle l'entourait d'attentions et n'avait de sa vie été aussi heureuse.

Ce qu'elle avait obscurément désiré dans le passé lui arrivait aujourd'hui. Quelqu'un avait besoin d'elle. Quelqu'un qui ne la prisait pas pour sa beauté et pour son charme mais pour son être véritable, pour sa personnalité profonde, pour sa faculté d'aimer...

Elle fixait Durstan avec inquiétude. L'heure viendrait où il reprendrait en main toutes les affaires le concernant. M. Hickman se présenterait avec les papiers officiels qui lui accordaient son indépendance financière. Ensuite, elle ne serait plus autorisée à entrer dans cette pièce et à regarder son mari dormir...

Elle n'avait rien dit de cette visite à Durstan, mais elle ne pourrait plus attendre très longtemps avant d'être obligée de lui en parler. C'est alors qu'il prendrait sa décision!

★

Le dîner touchait à sa fin. Le cuisinier s'était surpassé en l'honneur du premier repas pris par son maître dans la salle à manger depuis son accident.

Lorinda ne connaissait personne qui aurait pu rivaliser avec son mari sur le plan de l'élégance et de la distinction; il avait tenu à revêtir un habit de soirée malgré les protestations de Gribbon.

En veste de satin bleu nuit, cravate de dentelle et gilet discrètement brodé, il avait retrouvé sa prestance et son air altier, même s'il était quelque peu amaigri et gardait encore une balafre sur la tempe.

Lorinda aussi s'était mise en beauté : elle portait une robe qu'elle avait passé beaucoup de temps à choisir et qui ressemblait à sa toilette de mariée : blanche, avec des volants obliques retenus par des bouquets de camélias. Les mêmes fleurs ornaient ses cheveux que la camériste avait coiffés en chignon bas d'où s'échappaient quelques anglaises.

La jeune femme se leva de table pour gagner le salon, et son mari la suivit. Le majordome apporta du porto et du cognac; il les posa sur un guéridon et se retira.

Durstan gardait son verre à la main sans chercher à le remplir; après quelques secondes, il vint près de Lorinda.

– Je crois que je vous dois de grands remerciements.

– En quel honneur? Je ne vois vraiment pas de quoi...

– J'ai appris aujourd'hui qu'après ma chute vous avez passé la nuit près de moi, au bas de la falaise.

Lorinda ne savait que dire. Il reprit :

– Pourquoi ce geste? Rien ne vous obligeait à le faire.

– Je me sentais en faute... Si je n'avais pas emmené Brutus au bord de la mer...

– C'est grâce à vous que je suis vivant, cela me semble clair. Ne désiriez-vous pas vous débarrasser de moi?

– Non!

– Et pourtant, la veille même de ce jour-là, je

vous avais punie pour votre cruauté envers Indira, jusqu'à vous faire tomber sans connaissance.

La jeune femme baissait les paupières et ne trouvait pas de mots pour lui répondre. Au bout d'un moment, il posa son verre et prit, dans un tiroir, un coffret de cuir.

– Voici un présent pour vous. Dirais-je que c'est pour me faire pardonner? En tout cas prenez-le comme un faible témoignage de ma gratitude pour les soins que vous m'avez prodigués.

– Je ne réclame...

Les mots moururent sur les lèvres de Lorinda car son mari avait soulevé le couvercle de l'écrin : sur un somptueux velours blanc était disposée la parure d'émeraudes de Lady Camborne. Le seul bijou qu'elle avait vu disparaître avec chagrin pendant la vente aux enchères.

– C'est vous qui l'avez rachetée! cria-t-elle.

– Oui, pour vous.

Il souleva le collier entre ses doigts et le tendit à Lorinda. Celle-ci laissa son époux le placer autour de son cou, puis elle se tourna pour qu'il attache le fermoir.

– Je ne comprends pas... Pour quelle raison l'avez-vous acquis? Vous ne me connaissiez pas alors!

– Je vous avais vue à un bal masqué, près de Hampstead, où vous êtes apparue en Lady Godiva.

– Oh! Vous étiez présent!...

L'exclamation s'étrangla dans la gorge de la jeune femme et elle devint cramoisie.

– Oui, j'étais là, confirma-t-il d'une voix sourde.

– Et vous avez été scandalisé. Ne le niez pas!

– Horrifié, plutôt.

– Dans ce cas, pourquoi m'avoir contrainte à vous épouser? Vous auriez dû me fuir! Je n'y comprends rien.

– Je venais de rentrer en Grande-Bretagne et je

ne m'attendais pas à trouver les mœurs aussi changées. J'ai conclu un pari avec Lord Charlton, un ami...

Un affreux silence tomba pendant un moment.

– De quel pari s'agissait-il?

– Que je saurais dompter une tigresse. Il prétendait la tâche impossible.

Lorinda ferma les yeux. Elle cherchait à reprendre son souffle car pendant quelques secondes elle avait cru s'évanouir.

Elle voyait maintenant ce qui s'était passé... Elle subissait encore une abominable humiliation et, en même temps, elle éprouvait une souffrance qui augmentait à chaque seconde.

– Je saisis! En somme, il s'agissait d'une expérience, réussit-elle à dire d'une voix neutre.

– Oui, c'était une simple expérience.

Tous les éléments de la situation se mettaient en place et leur motivation profonde se dévoilait.

– Quand vous étiez dans le coma, un homme est venu de Londres, un certain Hickman...

– J'attendais sa visite.

– Il m'a dit que vous êtes en réalité Lord Penryn.

– Il a dû vous expliquer pourquoi j'ai jugé bon de changer de nom?

– Pourquoi ne pas reprendre votre titre et siéger à la Chambre des Lords?

Durstan réfléchit un moment et déclara :

– Je le ferai peut-être, si j'ai un fils.

Lorinda ne s'attendait certes pas à ces mots! Elle reprit :

– M. Ebénézer Hickman m'a parlé d'une somme d'argent et d'une maison que vous aviez l'intention de m'offrir?

– J'ai reçu sa lettre m'informant que les actes étaient prêts.

– Mais pourquoi? Quel est l'intérêt de cette donation? Voulez-vous me renvoyer d'ici?

Lorinda sentait des larmes lui monter aux yeux. Elle s'éloigna de son mari et feignit d'arranger des fleurs dans un vase. Elle gardait le regard fixé sur les roses pourpres, orgueil des jardiniers du château, et sentait chaque muscle de son corps se raidir dans l'attente du coup fatal.

Durstan ne se pressait pas de répondre. Il s'était enfin servi du cognac et le buvait à petites gorgées.

Ne pouvant supporter un silence si pesant, la jeune femme dit au hasard :

– Mon père m'a écrit. L'Irlande lui plaît beaucoup. Je crois qu'il ne voudra plus quitter ce pays.

– Mais vous avez beaucoup d'amis à Londres! Vous ne serez pas seule.

Elle se rappela tous ceux qui se vantaient d'être ses fidèles soupirants et qui l'avaient abandonnée au moment où elle aurait eu besoin de leur aide. Elle n'avait nulle envie de les revoir!

Comment pourrait-elle reprendre cette vie de « plaisirs » qu'elle avait crue la seule digne d'elle, après avoir connu le vrai bonheur au château de Penryn?

Elle aurait aimé poser la main sur la bouche de son époux : il allait lui annoncer que tout était fini entre eux! Il n'avait plus besoin d'elle, à présent que sa santé s'était rétablie. La parure d'émeraudes était un cadeau d'adieu!

Comme l'attente était intolérable, Lorinda releva fièrement la tête et demanda :

– Vous me renvoyez, n'est-ce pas?

– Venez ici, Lorinda.

Durstan parlait avec son autorité habituelle mais un reste d'orgueil figea la jeune femme sur place. Elle changea une fois encore la disposition des fleurs en espérant que les larmes ne couleraient pas sur ses joues.

– Je vous ai dit de venir près de moi...

La voix de son mari s'était faite pressante. Habituée désormais à répondre à ses désirs de malade, Lorinda s'approcha de lui.

Elle ne le voyait pas distinctement car un rideau de larmes obscurcissait son regard; mais elle était bien résolue à lui cacher son désespoir.

– Je vous offre votre liberté, reprit-il sur un ton uni.

Lorinda le regarda bien en face et son courage l'abandonna.

– Je n'en veux pas! cria-t-elle. J'aime mieux rester ici... Ne me chassez pas!

Perdant toute dignité, elle se mit à sangloter.

– Je ne vous contredirai plus, je vous obéirai; laissez-moi simplement habiter un petit coin du château...

Elle ne savait plus ce qu'elle faisait. Elle tombait à genoux; le bras de son mari la retint par la taille. Elle enfouit son visage dans sa veste de satin bleu et laissa couler ses larmes sans retenue, comme pleure un enfant.

– Pourquoi préférez-vous rester avec moi? interrogea Durstan d'une voix profonde et grave.

– Parce que... Maintenant, je tiens à vous! Je me suis mise à...

– A quoi?

– A vous aimer!

Tout était dit. Voici qu'arrivait le moment où son mari allait pouvoir la châtier de son arrogance passée : il n'avait qu'à rire et elle serait écrasée de honte. De honte et de désespoir.

Depuis leur première entrevue au Prieuré, elle s'était constamment opposée à lui pour le braver. C'était l'heure de la revanche pour Durstan Hayle.

Elle sentit ses bras se resserrer autour d'elle. Une main autoritaire lui souleva le menton pour tourner son visage en pleine lumière.

Lorinda ferma les yeux. Elle savait que Durstan

observait son visage noyé de larmes et qu'il jouissait de son triomphe.

– Il me reste une expérience à faire, dit-il enfin. C'est d'embrasser la femme que j'aime!

Et avant que Lorinda n'ait pu saisir le sens de ses paroles, il avait posé ses lèvres sur les siennes.

Alors, une grande vague d'émerveillement balaya son désespoir. Dans un simple geste, Lord Penryn dévoilait ses sentiments, exprimait son pardon. Tout était redevenu beau et parfait.

Lorinda retrouvait avec élan cette chaleur qu'elle avait tenté de lui communiquer au pied de la falaise; elle lui dédia son être entier, la moindre parcelle de son cœur.

La bouche de son mari devenait plus exigeante. Ce n'était pas seulement de la tendresse mais de la passion qui rayonnait entre eux comme un soleil. Lorinda savait maintenant qu'elle était désirée, réclamée par quelqu'un. Il n'était plus question de solitude ni de rejet. Les barrières qui les séparaient s'étaient abattues, ils étaient enfin réunis.

Durstan releva la tête pour contempler ses yeux brillants et ses joues empourprées.

– Crois-tu vraiment que je t'aurais laissée partir? demanda-t-il d'une voix grave.

Et il la couvrit de baisers et Lorinda vit le monde tourner autour d'eux : il n'y avait plus que le battement fou de leurs cœurs et l'intensité de leur amour.

★

Lorinda se leva du lit avec précaution et traversa la chambre obscure jusqu'à la fenêtre.

Elle se glissa entre les rideaux, puis entrouvrit la fenêtre et s'accouda au balcon.

Une lueur diffuse gagnait le haut du ciel. Une par une, les étoiles pâlissaient jusqu'à se dissoudre dans la clarté de l'aube.

Avec un grand soupir de bonheur, Lorinda se tourna pour découvrir qu'elle n'était plus seule. Les bras de son mari l'étreignirent; elle posa la tête contre son épaule.

– Je pensais que vous dormiez encore...

– Tu ne peux pas me quitter sans que je le sache.

– Je voulais voir se lever le jour. Pour moi, c'est le début de mon existence.

– Pour nous deux, corrigea-t-il en souriant.

– M'aimez-vous un peu?

– Tant et tant! Aucun mot ne saurait l'exprimer!

– Me trouvez-vous à votre goût?

– Je n'ai rien vu de plus ravissant que ton visage ni de plus parfait que ton corps.

Lorinda lui sourit.

– Je croyais que, pour vous, la beauté idéale impliquait des cheveux noirs, des yeux d'Orientale...

Il lui coupa la parole :

– Ce que j'admire le plus en toi, ce n'est pas ton physique mais ton âme. Ce que tu m'apportes, personne ne me l'a jamais donné.

Lorinda comprit ce qu'il voulait dire; elle avait ressenti la même impression alors qu'elle le veillait, pendant les longues nuits où il était resté inconscient.

La pensée d'avoir failli le perdre poussa la jeune femme à demander :

– Sentiez-vous durant votre maladie que je luttais pour vous garder en vie?

– Je ne pouvais ni bouger ni parler, mais j'entendais tout.

– Et que pensiez-vous?

– Je pensais ce que j'ai toujours pensé, que tu étais à moi! Nous nous appartenons désormais mais je suis persuadé que nous avons vécu ensemble dans une vie antérieure.

– Comment serait-ce possible?
– Aux Indes tout le monde croit en la réincarnation.
Lorinda scrutait son visage, qui se détachait sur le ciel pâle.
– Lorsque vous m'avez vue pour la première fois, au bal costumé, vous n'avez sûrement pas eu cette impression!
– J'ai su que tu étais celle que j'attendais.
– Même si je vous semblais... scandaleuse?
– C'est justement à cause de cela que j'étais choqué : je ne pouvais supporter qu'on regarde ce corps qui était à moi, cette femme qui était la mienne.
Lorinda frémit en entendant le ton de son mari. Elle se mit sur la pointe des pieds pour chuchoter à son oreille :
– Je n'étais pas vraiment nue. Je m'étais arrangée pour que tout le monde le croie.
– Et quand tu as posé devant Queensbury pour gagner la pomme d'or?
– On l'a raconté mais, en réalité, j'avais payé un modèle qui avait pris ma place.
Durstan poussa un soupir, comme s'il était libéré d'un poids.
– Je ne parvenais pas à te croire aussi dépravée...
– C'est pourquoi vous avez risqué votre pari?
– Oui... je pressentais que sous cette apparence flamboyante et scandaleuse tu étais la femme pure que je vénérais en mon cœur.
– Comment avez-vous pu le penser?... Moi, pendant ce temps-là, je n'éprouvais rien de tel! Quand je vous ai vu, j'étais certainement aveugle : je vous ai détesté!
Son mari lui caressa doucement les cheveux.
– Il te reste la vie entière pour me prouver que tu as changé d'avis.

– Chaque jour, et demain, et toujours! Je veux me consacrer à te rendre heureux!

Sa voix était si sincère que Durstan lui prit les lèvres en un long baiser.

– En fait, reprit-il, je n'ai pas gagné mon pari. Je dirai à mon ami qu'il est le vainqueur.

– Mais non!

– J'ai découvert cette nuit que je ne puis mater une tigresse aux cheveux de cuivre et aux yeux verts qui brillent dans la nuit!

Lorinda baissa les paupières.

– Tu trouves que je me conduis mal... Que je me laisse emporter par ma passion pour toi...

Durstan posa les mains sur ses épaules.

– Ne change pas. Je veux que tu demeures ainsi. Mais je te préviens...

Ses doigts caressaient le cou de Lorinda.

– Si un homme te regarde avec trop de hardiesse, je le tuerai, et je t'étranglerai! Je suis jaloux!

La jeune femme se mit à rire.

– Je ne crains rien! Il n'existe pas d'autres hommes sur la terre pour moi! Je ne vois que toi, je ne connais que toi.

En parlant elle se serra contre lui et acheva sa phrase tout contre les lèvres de Durstan.

Il l'écrasa sur sa poitrine, emporté par le désir qui l'embrasait, et Lorinda répondit à son étreinte. Le soleil se levait à l'horizon, surgissant de nuages rose et or. Ses rayons vinrent frapper les murs du château.

La jeune femme voyait à présent le visage de son mari; elle noua ses bras autour de son cou et murmura :

– Notre première journée commence... Il y en aura des milliers d'autres, et nous serons ensemble!

– Oui, notre premier jour... dit-il en écho.

Puis il reprit sur un ton dominateur :

– Regarde-moi, pense à moi, je te veux!

Il l'entraîna dans la chambre; les rideaux retombèrent derrière eux, plongeant la pièce dans le noir.

Durstan prit sa femme dans ses bras et la porta jusqu'au lit en chuchotant :

– Tu es à moi maintenant, ma toute belle! Tu t'es donnée à moi. Je te garderai pour l'éternité!

1793

Achevé d'imprimer en Europe (France)
par Brodard et Taupin à La Flèche (Sarthe)
le 15 avril 1996. 6745N-5
Dépôt légal avril 1996. ISBN 2-277-21793-X
1er dépôt légal dans la collection : mars 1985

Éditions J'ai lu
27, rue Cassette, 75006 Paris
Diffusion France et étranger : Flammarion